一生働きたくない俺が、クラスメイトの大人気アイドルに懐かれたら

1

岸本和葉
イラスト みわべさくら

カノン／日鳥夏音《ひどり・かのん》
〝ミルフィーユスターズ〟の元気印。自信家な一面もあるが、マイペースなレイやミステリアスなミアに意外と振り回されがち。

「かんぱーい!」
引っ越しパーティー

ミア／宇川美亜《うがわ・みあ》
〝ミルフィーユスターズ〟のクール＆ミステリ
アス担当。年の割に大人びた言動を取り、
よく凛太郎をからかって遊ぶ。

レイ／乙咲玲《おとさき・れい》
〝ミルフィーユスターズ〟のセンターを務める、儚げな雰囲気の大人気アイドル。だが凛太郎の前では無防備な一面を見せる。

「……乾杯」
「ん、乾杯」

一生働きたくない俺が、クラスメイトの大人気アイドルに懐かれたら 1

腹ぺこ美少女との半同棲生活が始まりました

岸本和葉

OVERLAP

CONTENTS

イラスト／みわべさくら

I don't want to work for the rest of my life,
but my classmates' popular idol get familiar with me.

第一章 ★ 腹ぺこアイドル

テンポよく野菜を切る気持ちのいい音が、キッチンに響く。
ふと顔を上げれば、リビングに置いたソファーに腰掛ける金髪の少女の姿が見えた。
俺が見ていることに気づいたのか、彼女はこちらに顔を向けて首を傾《かし》げる。
「どうしたの？」
「……いや、なんでもねぇ」
俺は彼女から視線をそらし、手元に戻す。
ここは間違いなく俺の家だし、彼女は間違いなく俺が招いた存在。
頭ではそう理解しているのに、俺の中の常識がこの光景を異常な物だと認識していた。
その理由はよく分かっている。
そもそもこんな一般的な高校生である俺の家に、彼女がいるはずがないのだ。
何故《なぜ》ならば彼女は、今日本でもっとも人気なアイドルなのだから――――。

◇◆◇

俺のクラスには、今流行《はや》りの大人気アイドルが在籍している。

彼女の名前は乙咲玲《おとさきれい》。

外国人の血が混ざっているが故の綺麗《きれい》な金髪に、高校生離れしたメリハリのあるスタイル。

普段は表情の変化が乏しく何を考えているのか分かりにくいが、ステージにたった彼女の表情は見ているすべての人を惹《ひ》きこむほどの魅力がある。

「乙咲さん！　昨日の音楽番組見たよ！　新曲すごいいね！」

「ありがとう。嬉《うれ》しい」

「お、乙咲さん！　ささささ、サインもらえますか⁉」

「私のでよければ」

今日も乙咲はクラスの皆に囲まれている。

二年前にデビューしたアイドルグループ、〝ミルフィーユスターズ〟。

通称ミルスタと呼ばれている彼女らは、レイ、カノン、ミアの三人で構成されており、乙咲はそのセンターを任されていた。

当然ながら、校内で彼女を知らない者はいない。

むしろ全員ファンと言っても過言じゃないだろう。

そして例に漏れずこの俺、志藤凛太郎《しどうりんたろう》もミルスタのファン――――ではない。

嫌いというわけではなくむしろ好感は持っているが、ファンと呼べるほどではないと言ったところか。

そもそもアイドルにあまり興味がないのだ。

クラスメイトだから少し関心があるだけ。

お近づきになろうとして周りの男子の視線をわざわざ厳しい物に変える必要はない。

「相変わらず人気だね、乙咲さん」

俺にそう話しかけてきたのは、前の席に座る親友、稲葉雪緒《いなばゆきお》だった。

男にしては線の細い体をしており、初対面では失礼な話だが女と間違えたこともある。

こいつも乙咲に関してはそこまで興味ない派であり、クラスメイトに囲まれる彼女を気の毒そうに眺めていた。

「昨日の歌番組で披露した新曲、だいぶ先鋭的だったからな。それでいて聞く人が受け入れやすい造りになってるんだから、そりゃファンが興奮するのも仕方ないだろ」

「……ねぇ、凛太郎？　ファンじゃないっていつも言ってるけどさ、ちゃんと彼女たちの新曲とかはチェックしてるよね」

「流行り物はとりあえず見て聞くって決めてるからな。まあ、バイト先にそうするよう言われてるだけだけど」

「ふーん……でもさ、働きたくないって言ってる凛太郎がよくバイトなんて続けていられるよね。僕少しびっくりしちゃった」

「今は生活費を稼がなきゃいけないからな。だけどそのうち俺の代わりにバリバリ働いてくれる人を見つけて、俺は専業主夫になってやる。自分で働き続けるなんてまっぴらだ」

「いつ聞いても清々《すがすが》しいなぁ、君は」

この話をすると、雪緒からは毎回こうして呆《あき》れられる。

しかし「働かない」というのは俺が芯に持っている人生の目標であり、揺るがない部分だ。誰に何を言われても、この目標を変えるつもりはない。

「そう言えば今日もバイトだっけ？」

「ああ。今日は特に忙しいらしくて、緊急で入ることになったんだ。俺としては時給を上げてくれるから助かるけどな」

そうこう話しているうちに、教室の扉が開いて一限目の教師が入ってくる。

俺と雪緒の話はそこで中断され、そして乙咲に群がっていたクラスメイトもそれぞれの席へと戻っていった。

授業が始まった直後、横目で乙咲へ視線を送る。

（どこまでも綺麗な顔してんなぁ……）

表情では分かりにくいが、アイドルである以上はきっと辛《つら》いことも悩むことも多いのだろう。

ご苦労なこった――そう頭で思いつつ、俺も授業に集中するため前を向いた。

◇◆◇

学校が終われば、俺はそのままの足でバイト先へと向かう。

バイト先は駅から徒歩十五分程度の位置にあるマンションの一室。

玄関を開ければいくつかの靴が乱雑に置かれており、複数の人の気配があった。

真《ま》っ直《す》ぐ延びた廊下の奥の扉を開ければ、そこにはひたすらにペンを動かす大人たちがいる。

その一番奥に座る女性が俺の雇い主、漫画家の優月《ゆづき》一三子《ひみこ》先生だ。

「お疲れ様です、差し入れにエナジードリンク買ってきましたけど」

そう言いながら手に下げたコンビニの袋を掲げれば、彼らは一斉に俺に視線を向ける。

寝ていないのか、充血した目がちょっと怖い。

「りんたろぉぉぉぉ！　ありがとぉぉぉぉ！」

「先生、怖いっス。どのくらい寝てないんですか？」

「大丈夫大丈夫、まだ二徹だから」

「それは大丈夫じゃないです」

ため息を吐《つ》きながら、先生とアシスタントの方々にエナジードリンクを配る。

ここは売れっ子漫画家の優月一三子先生の職場だ。

俺は彼女のアシスタントとして雇ってもらっており、背景を描いたりトーンを貼ったりする作業を担当している。

普段は学校が休日の時に来るのだが、修羅場になればこうして放課後も手伝いに来ていた。

「はぁ……持つべきものは気の利く従弟《いとこ》だねぇ」

「エナジードリンクなんてその場しのぎでしかないんですから、終わったらすぐに寝てくださいね」

「言われなくても気絶すると思うから大丈夫だよぉ」

「早死にするぞあんた……」

優月先生が言った通り、俺と彼女は親戚関係にある。

だからこそ雇ってもらえたわけだが、今では仕事も覚えてこの職場の戦力になれた
――と思う。

「じゃあ俺も作業に入りますね」

俺のために用意された席に座り、優月先生から線画の入った原稿を受け取る。

指定された通りの構図で背景を描き、指定された位置にトーンを貼った。

簡単な仕事ではないが、慣れた以上は苦とは感じない。

今日話題になっていたミルスタの新曲をイヤホンから流しつつ、俺は黙々と作業を進めた。


「――凛太郎、そろそろ上がっていいよ」

「え、まだ終わってないっすけど」

「もう二十一時だからね。さすがに未成年をこれ以上働かせられないよ。それにもう残り一ページだし、間に合うことは分かったからさ」

「……そっか。じゃあ申し訳ないですけど、お先に失礼します」

「うん！　じゃあまたよろしくぅ！」

原稿の目処《めど》が立ち突然元気になった優月先生が親指を立てる。

いつもは安定したペースで執筆する彼女が締め切りギリギリになるまで作業していたということは、それだけ気合を入れた回を描いていたということ。

現に作業しながら見ていた絵はいつも以上のクオリティで、何度か息を呑《の》んでしまった。

元々優月先生は芸術家肌で、自分の作品には並々ならぬこだわりを持っている。

だからこそ妥協もせず作品を仕上げているわけだが、仕事とは言えそれに付き合わされるアシスタントたちは気の毒でしかない。

だってもう死人の顔だもん。逆に生きているのが不思議だ。

「お、お疲れさまでした……」

最後にそう言い残せば、真っ青な顔をしたゾンビ——じゃなかった、アシさんたちが手を振って見送ってくれた。

正直ちょっと怖い。

マンションを出て、まず駅へ向かう。

俺の家は優月先生の仕事場から三駅離れた場所にあり、学校からは合計五駅離れていた。

残業終わりの会社員たちと共に電車に揺られ、最寄りの駅で降りる。

だいぶ遅い時間だからか、いつもと同じ平凡な駅前の様子に少し安心感を覚えた。

しかしそんな様子の中に、突然異物とも呼べる高級車が飛び込んでくる。

(あんな車に乗れる奴《やつ》……この辺に住んでたんだな)

金に困ってねぇんだろうなぁ。羨ましい。

そんな風に皮肉を浮かべつつ、俺はいつもの帰路につこうとした。

しかし、高級車から出てきた人影を見て思わず立ち止まる。

綺麗な金髪に、高校生離れしたスタイル——頭には帽子と、顔にはマスクとサングラスで変装をしているようだが、あれは間違いなく大人気アイドル、乙咲玲だ。

おそらくは送迎用の車だったのだろう。

降りた乙咲と運転手は一言二言話した様子を見せた後、そのまま駅を後にする。

駅前の人影もまばらだからか、今のところ乙咲の存在に気づいている者はいないようだ。

となると俺も特に関わらず帰るのが得策だろう。

俺と彼女は今年の春からクラスメイトであるというだけで、別に友達でも何でもないのだから。

それに俺のせいで変に週刊誌が荒れても責任が取れない。

あくまで気づかない振りをしながら、彼女の背後を通り過ぎる。

――トラブルが起きたのは、その時だった。

「……っ」

突然、乙咲の体がぐらりと揺れる。

俺は反射的に彼女の体に手を伸ばし、地面に触れる前に支えてしまった。

サングラス越しに、彼女の青みのかかった目と視線がかち合う。

「志藤……君？」

驚いた。

まさか俺の名前を憶《おぼ》えているなんて。

「や、やぁ。偶然だね。声をかけようと思ったら急に倒れてびっくりしたよ」

よそ行きの笑みを浮かべ、柔らかい声色で話す。

彼女はスクールカースト的に見ればダントツ一位の女。

かたや自分は、教室にいてもいなくても気にされない程度のモブキャラ。

素《す》の態度で悪い印象を与えてしまえば、今後クラス内にどんな噂《うわさ》を流されるか分からない。

乙咲《おとさき》の立場があれば、気に入らないクラスメイトの高校生活など一言で崩壊させられるのだから。

……さすがに大袈裟《おおげさ》か？

「うっ……」

「体調が悪そうだけど、救急車を呼ぼうか？　俺じゃ不安ならとりあえず大人を呼んで――」

「お腹《なか》……空《す》いた」

「……は？」

盛大に乙咲の腹が鳴る。

どうやらこの具合の悪そうな顔も、すべては空腹から来ている物らしい。

「……心配して損した」

「あう」

俺は彼女から支えを外し、適当に地面に転がす。

そんな仕打ちをしてしまってから、俺は思わずしまったという表情を浮かべた。

「あ、ああ！　悪い——じゃなかった。ごめんね！　体調が悪いのかと思っていたから、思わず気が抜けちゃってさ！　ははは！」

「……酷《ひど》い」

「うっ」

ああ、誤魔化せないか。

丁度いい、作り笑いも疲れてきたところだ。

この際いつも通りに接してやろう。

どうせ悪評を広められるなら、これ以上取り繕うだけ損だ。

「チッ……で、腹が減ってると。今のご時世それだけで動けなくなるか？　普通」

「志藤《しどう》君って、そういう話し方する人だったんだ……」

「別に今は関係ねぇだろ。お前のことを話せ」

「う……いつもはここまでじゃない。でも今日はレッスンが特別だった。体は疲れてるし、お腹は空いてるし、もう動けない」

「レッスンねぇ……」

さすがはトップアイドル。

人前で最高のパフォーマンスをするためにも、日々努力を欠かさないというわけか。

「飯さえ食えれば動けるようになるか？」

「多分……」

「多分じゃ不安だなぁ。まあ仕方ない。何か食えるもんを買って――」

買ってきてやると言いかけて、口を塞いだ。

最寄りのコンビニに入るとしても、五分程度は彼女をここに置き去りにしてしまうことになる。

加えて人の通りは少ない場所とは言え、さすがにそろそろ周りからの注目も浴び始めた。

これでは彼女が乙咲玲《れい》であることがバレるのも時間の問題だし、俺がいない間に悪意ある奴が彼女をどこかへ連れて行ってしまう可能性もある。

親しくないとは言え、どうでもいいと切り捨てられる問題ではない。

「心配しすぎかもしれねぇが、念には念をだ。不快に感じても我慢してくれよ」

「え？」

俺は彼女に背中を向け、その場にしゃがみ込む。

「背負って移動する。早く乗ってくれ」

「どこに行くの？」

「俺の家。飯を作ってやる」

「いいの？」

「お前がよければな。男の家に行くのが嫌なら、近くのファミレスに置いてく。俺は今日が消費期限の肉を使い切らなきゃいけないからそのまま帰るけど」

「想像以上に家庭的……」

「悪かったな、キャラじゃないことは分かってるよ。で、どうすんだ？」

「……じゃあ、志藤君の家で。志藤君の料理、興味がある」

「そうかい。別に大したもんじゃないから、がっかりしても知らねぇからな」

かろうじて体を動かした乙咲が俺の背中に体重を預ける。

大きな二つの膨らみが制服越しに当たり思わず硬直したが、邪念を払うようにして立ち上がった。

確かな体重は感じるものの、比較的乙咲の体は軽い。

これも女体の神秘という奴だろうか――。

「じゃあ、出発」

「お前が仕切んな」

おそらくはまだ彼女が乙咲だとはバレていない。

下手に噂になってしまう前に、俺はそそくさと自分の家へと足を進めた。

俺の家は駅から徒歩五分程度の位置にある。

五階建てのマンションの一室、そこが今住んでいる場所だ。

「一人暮らし？」

「まあな。色々事情があってさ」

鍵で扉を開け、彼女を背負ったまま中に入る。

部屋の造りは1ＬＤＫ。リビングと寝室が別にあり、これで家賃は四万円台。

東京にありながら何故《なぜ》こんなに安い家賃で借りられているかと言えば、それは優月《ゆづき》先生のおかげである。

本来ならもう少し高かったのだが、彼女からの家賃手当によって破格の値段に落ち着いているというわけだ。

「とりあえずソファーに座って休んでろ。テレビは適当に見ていていい」

「分かった」

乙咲をソファーに座らせ、靴を脱がす。

それを玄関先へと持っていった後、俺はリビングから見える位置にあるキッチンへと向かった。

「豚肉を使うことは確定してるけど、何か食いたい物はあるか？　ある程度なら要望も聞けるぞ」

「じゃあ……生姜焼《しょうがや》き」

「へぇ、好きなのか？」

「うん。子供の時から」

「これまた意外だな……まあいいや。じゃあ生姜焼きな」

比較的簡単な料理で助かった。

冷蔵庫から豚肉とたまねぎ、半分残ったキャベツ、そして生姜のチューブを取り出し、調理に移る。

生姜焼きはあまり研究を進めていない料理ではあるが、決して不味《まず》くは作らない自信があった。

「……手際がいい」

「そりゃ毎日作ってるからな。生姜焼きを作った経験だって一度や二度じゃない」

「男の子がそういうことをするイメージ、あんまりない。どうして毎日作っているの？」

「節約。生活費は全部自分で稼いでるんだ。それと将来の嫁さんのためだな」

「嫁？」

「そう。俺の目標は専業主夫。バリバリ働く嫁さんのために、味と健康をちゃんと考えた料理を出してやるのが夢なんだよ」

この計画は順調に進んでいる。

日々料理研究をしてメニュー本を作り、掃除や洗濯のテクニックを磨き、去年からは家計簿をつけるようにしている。

今この瞬間に嫁ができても、満足させられる自信があった。

ただ唯一の問題と言える点が、肝心の嫁に繋《つな》がる恋人と出会えていないこと。

まあ、これに関しては高校在学中に見つかるとは思っていないし、すでに定職に就いた人と出会える大学卒業後くらいを目安に探し始めるつもりなのだが。

「悪いけど、白飯はレトルトで我慢してくれ。本当は炊くつもりだったけど、もうお前の腹も限界だろ？」

「ん……お気遣いに感謝」

「てか、マネージャーとかいるんだろ？　なら飯を食わせてもらってから帰ってくればよかったんじゃないか？」

「見栄《みえ》を張った。アイドルだから、がっついているところを見せるべきじゃないと思って」

「身内にくらいは見せてもいいんじゃねぇか……？　まあこだわりを持って生きているってのは分かるけど」

「志藤君もこだわって生きているから？」

「まあ、な。ほら、できたぞ」

そうこうしているうちに、生姜焼きが完成する。

香ばしい醤油《しょうゆ》と生姜の香りが食欲をくすぐり、我ながらいい出来だと自分を褒めた。

そして丁度温めが終わった白米を茶碗《ちゃわん》に盛り付け、自分の分と一緒に乙咲の前のテーブルに置く。

「今まで食べてきた生姜焼きの中で一番いい香り……」

「そりゃどうも。冷めないうちに食べてくれ」

「いただきます……！」

乙咲が生姜焼きを口に運ぶ様子を、俺は少し緊張の面持ちで眺めていた。

正直な話、自分の料理を人に食べてもらうという機会にあまり恵まれてこなかったのだ。

雪緒《ゆきお》には何度か食べてもらっているものの、女子相手というのは本当に初めてである。

男好みの味付けにしすぎていないか――そんな不安が過《よ》ぎったのも束《つか》の間《ま》、それを払いのけるかのように彼女の言葉が響いた。

「美味《おい》しい……！」

らしくなく体から力が抜ける。

いつになく緊張していた様子の自分に、思わず笑みがこぼれた。

「そうか……安心したよ」

「今まで食べてきた中で一番美味しい。間違いない」

「それはちょっと大袈裟《おおげさ》な気がするけど……まあ、褒められて悪い気はしねぇな」

自分でも口に入れてみるが、いつも通りではあるものの確かに美味《うま》い。

我ながら作るのが上手《うま》くなったものだ。どや顔したくなる。

「おかわり欲しい」

「まあいいけど……どうせレトルトだし」

茶碗を受け取り、もう一つ飯を温める。

それを受け取った乙咲《おとさき》は最初とまったく変わらないペースで食事を再開した。

そんな様子を見せられると、倒れるほど腹が減っていたというのも納得してしまう。

「……なあ、アイドルって楽しいのか？」

「楽しい。小さい頃からの夢だったから」

「はー、すげぇな。この歳《とし》でその夢を叶《かな》えちまったわけか」

「たくさん努力した。それに運もよかった。今は摑《つか》んだチャンスを離さないように、もっと頑張っている」

立派な奴《やつ》だ。働きたくないなんてほざいている俺とは住む世界が違う。

「志藤君も夢のために努力してる。すごい」

「……本気で言ってるのか？」

「ん……？　本当にそう思ったけど」

専業主夫になりたいだなんて、馬鹿にされるとばかり思っていた。

だからこそ信頼している雪緒以外には話さないでいたのに、予期せぬ形で褒められてしまい思わず気が抜ける。

「どんな夢であれ、そこに向かって努力する人は皆すごい人。私はそんな人たちも応援したい」

「……今日初めてお前のファンになったかも」

「今まではファンじゃなかった？」

「正直あんまり興味なかった。……声かけてみるもんだな」

「私も志藤《しどう》君のファンになった。また食べに来たい」

「それはダメだ」

乙咲からの要求を、俺はノータイムで突っぱねる。

彼女もきっぱりと断られるとは思っていなかったようで、分かり、にくく目を見開いていた。

「どうして？」

「どうしてってお前……トップアイドルなんだぞ？　そんな奴が男と一緒にいるところを

誰かに見られれば、すぐにスキャンダルだ。もうただの高校生じゃねぇんだぞ？」

「それは……そうかもしれないけど」

「俺のせいでお前の夢が潰れることになるかもしれないんだ。そんなの責任取れねぇし、絶対にごめんだね。だから学校外では極力関わりたくない」

「……」

乙咲がスキャンダルを撮られることに関しては別に知ったこっちゃないが、その相手が俺なんてことになればもう平和に生きていく自信がない。

自意識過剰だったとしても、何かあってからでは遅いのだ。

「今日だってリスク高い中で連れてきたんだ。これ以上の綱渡りはしたくねぇよ」

「……分かった。じゃあ、我慢する」

「そうしてくれ。お前のアイドル活動のため、俺の平穏な生活のためにな」

だいぶ落ち込んでいるように見えるが、話をなあなあにしないためにも厳しい言葉をかける必要があった。

きっと乙咲も空腹の時に俺の料理を食べたから、必要以上に気に入ってくれているだけ。時間を置けばきっと冷静になってくれることだろう。

トップアイドルは美味い飯に困ることなんてないだろうし。

「お前、この辺りに住んでるのか？」

「ん……ここから三十分くらい歩いたところ」

「微妙な距離だな……んじゃタクシー呼んでやるから、それに乗って帰れよ。まあ運賃までは面倒見れねぇけど」

「え……？」

「え？　じゃねぇだろ。お前の方が金持ってんだから、俺にたかられても困るって」

「そ、そうじゃなくて」

「まさか、泊まる気だったのか？」

乙咲は何も言わず頷《うなず》く。

頭痛がしてきた。

こいつの危機管理能力の甘さは何なんだ。

「さっき忠告したばっかじゃねぇか！　アイドルが男の家に泊まるなんて、誰にもバレなかったとしても大問題だ！　常識的に考えろ！」

「うっ……反論できない」

「分かったらちゃんと家に帰ってくれ……疲れてるのは分かってるけどさ」

「ごめんなさい。ちゃんと言うこと聞く」

何故俺はクラスメイトに説教なんぞしなければならないのか。

無駄にカロリーを使ったことにうんざりしつつ、俺はスマホでタクシー会社に連絡を入れる。

十分くらいで家の前まで来てくれることを確認し、俺はそれをそのまま乙咲へと伝えた。

「今日のことは忘れろ。俺も忘れる。これからも俺たちは、そこそこ面識のあるクラスメイトだ」

「……どうしても？」

「どうしても」

「分かった。努力する」

努力じゃ困るんだが――まあ反省はしているようだし、これ以上強くは言うまい。

窓の外を確認してみれば、ちょうどタクシーが到着するところだった。

俺が送るのは玄関まで。ここより先は他の住民に目撃される可能性がある。

「……じゃあ」

「ああ。……お前に美味いって言いながら食べてもらって、自信はついたよ。だからその……それに関してはありがとうな」

「私も、志藤君が親身になってくれて嬉《うれ》しかった。だから、さっきはそこそこ面識のあるクラスメイトって言ってたけど……友達って名乗るくらいは許してほしい」

――駄目？

どこか不安そうに首を傾《かし》げ、乙咲はそう問いかけてきた。

この問いにノーと返せる男がいるのなら、ぜひとも目の前に連れてきてほしい。

「……分かった。クラスメイトだしな。それくらいなら不自然でもないし」

「よかった。嬉しい」

「俺なんかと友達になって何が楽しいんだか……まあいいや。そんじゃ、また学校でな」

「うん。また学校で」

そう言い残し、乙咲は俺の部屋を後にした。

彼女が乗り込んだからか、下に止まっていたタクシーも動き出す。

「はぁ……」

仕事も含め、何とも疲れる一日だった。

二人分の食器を洗いながら、今日の出来事に思いを馳《は》せる。

誰かに自分の飯を食べてもらうというのは、やっぱり悪くない。いい刺激になったとは思いつつ、反対にもうこんなことがないようにと願うばかりだ。

しかしそんな俺の願いとは裏腹に、俺の平穏は次の日にも崩れることになる――――。

翌日。学校に来た乙咲は、いつもと変わらない様子でクラスメイトたちと談笑していた。

あの後無事に家に帰ることができたらしい。

それさえ確認できれば、もう気にする必要もない。

俺は彼女から視線をそらし、前に座る雪緒と顔を合わせた。

「……珍しいね。凛太《りんた》郎《ろう》が乙咲さんを見つめてるなんて」

「そ、そうか？　昨日も見てたと思うけど」

「うーん、そうなんだけどさ……何かいつもの視線じゃないっていうか」

「そんなことねぇよ。気のせいだって」

「……ま、そうだよね」

いくら親友とは言え、鋭すぎないだろうか？

昨日のうちに乙咲との関係性をリセットしていてよかったと心底思う。

もしあのまま彼女からの要求を呑《の》んでいたら、こいつにだけは速攻でバレていたかもしれない。

「──ん？」

雪緒《ゆきお》と話していると、突然俺のスマホが震える。

どうやら優月《ゆづき》先生からメッセージが届いたようだ。

『緊急。原稿に不備が見つかり、本日も助太刀をお願い致す』

送られてきたその文章を読み、俺は眉をひそめた。

「今日締め切りだって言ってなかったか……？　あの人」

「仕事場から？」

「ああ。昨日終わったはずの仕事に不備が見つかったってさ。アシスタントさんたちには休日を言い渡したみたいで、親戚の俺しか頼れなかったんだろ」

「それは仕方ないね」

「俺だけ呼ぶってことは大した仕事が残ってるわけじゃないだろうし、まあボーナスと思って行ってくるわ」

「有名漫画家のアシスタントかぁ……ちょっと羨ましいかも」

「あの集団ゾンビ化現象を見たらそうは言ってられないと思うぞ……」

優月先生に了承の意を込めたメッセージを送信し、スマホを制服のポケットにしまう。

授業が終わってすぐ、俺は学校を出て昨日と同じように職場へと向かった。

平謝りしてくる優月先生に仕事の内容を聞き、二人ですぐに取り掛かる。

「ごめんねぇりんたろぉ」

「別にいいですって。ちゃんと時給は上げてくれるって話ですし」

「もちろん！　たんまり払ってあげるからね！」

生活費を稼ぐ身としては、金さえもらえれば何だってやる所存だ。

たとえ今日のように「え、これアシスタント俺一人でやるの？」って作業量の仕事だったとしても、時給が上がるなら関係ない。

ていうか、俺しか呼ばないなら大した作業ではないだろうって予想は大きく外れていた。

一人で作業しなければならない分、ぶっちゃけ昨日よりも少しキツイ。

「ごめんねぇ……ごめんねぇ……」

「っ……！　ああもう！　謝ってる暇があったらとにかく手を動かしてください！」

「は、はい！」

大御所の大先生なのだから、あまり情けないところは見せないでほしい。

いや、見せないために俺だけを呼んだところもあるんだろうけど、俺にもあまり見せないでほしい。

めちゃくちゃ尊敬はしてるんだから。

（ゆ、指の感覚がなくなってきた……）

十六時頃から作業に取り掛かり、苦戦すること七時間。昨日は二十一時に帰してくれたのに、今日はそれを二時間もオーバーした。

しかしその努力の甲斐《かい》もあって、原稿自体はいつも以上の物に仕上がったと思う。

優月先生もげっそりしているものの、表情だけは満足げだ。

「終わった……終わったよ！　凛太郎！」

「よかったですね……じゃあ俺はこれで」

「本当にありがとね。タクシー代は出すから、今日はゆっくり休んで」

「ありがとうございます。先生も頼むから寝てください」

「もちろん。死んだように寝てやるわ」

頼もしいようでまったく頼もしくない彼女に背を向け、職場を後にする。

渡された金でタクシーに乗り、普段よりもだいぶ遅い時間に家の前へと到着した。

マンションの入口はオートロックであるためパスワードを入れる必要がある。いつも通り決まったパスワードを入力しようとした時、俺はあることに気づいた。

「……何してんだ、お前」

「志藤《しどう》君を待ってた」

エントランスの端に、彼女は座っていた。昨日よりは変装を強化したようで、マスクと伊達《だて》眼鏡に加えてパーカーのフードで髪を隠している。

正直不審者感は増したが、相当近づかれなければ乙咲玲《おとさきれい》だとは気づかれないだろう。

つーか、待ってたって何だよ。

俺がいつ帰ってくるか分からないのに待ち続けるとか、忠犬ハチ公か何かなのか？

「……来るなって言ったよな？」

「うん。でもどうしてもお願いしたいことがあって来た」

分からずやな女だ。

ここで突っぱねてしまうのは簡単かもしれないが、もしもそれで彼女から「志藤凛太郎は酷《ひど》い奴《やつ》」というレッテルを貼られるようなことがあれば俺はもう生きていけない。

ちくしょうアイドルめ。

カーストが高すぎて無下に扱えないじゃないか。

「はぁ、分かった。とりあえず話は聞いてやる。中入れよ」

「ん、ありがとう」

どことなく嬉しそうな声色で、乙咲は俺の後ろにつく。

そのまま部屋に入れ、とりあえず昨日と同じようにソファーに座らせた。

「コーヒーくらいは淹《い》れてやるけど、ブラックで行けるか？」

「できれば甘くしたやつがいい」

「あいよ。砂糖盛りね」

インスタントで淹れたコーヒーにミルクと砂糖を多めに混ぜ、彼女の前に置く。

普段はブラックで飲む俺も、今日はうんと甘くした。

少しでも疲労を回復させるためにそうしてみたが、正解だったらしい。

彼女の訪問によって動揺していた心が落ち着いてきた頃、俺は目を合わせながら問いかける。

「それで、お願いしたいことってなんだよ」

「今日一日考えた。やっぱりまた志藤君のご飯が食べたい」

「昨日断ったよな……？」

「うん。でもどうしても忘れられない。昼に食べたお弁当も、レッスンの途中で食べた軽食も、あなたのご飯には敵《かな》わなかった」

「っ……」

――浮かれてんじゃねぇよ、俺。

押しかけるほどに自分の料理が気に入ってもらえたという事実で、自然と頬が緩みそうになる。

　そんな一時の喜びに浸って彼女の要求を受け入れれば、きっと後悔することだろう。

「そうかよ……けどやっぱり無理だ。何度も言うように万が一にも俺とお前が一緒にいるところを見られようものなら、乙咲玲ってブランドに傷がつく。俺にはその責任が取れない。そもそも食費だって単純計算で倍になるんだぞ？　ケチ臭いかもしれないが、貯金に回す金が少なくなるのはごめんだ」

　俺は将来誰とも結ばれなかった時のことを考え、できるだけ稼ぎを貯金に回している。人の人生を駄目にするどころか、己の貯金まですり減らすなんて百害あって一利なし。いくらアイドルとお近づきになるチャンスだろうが、断るのが吉だ。

「だから諦めてくれ。大体芸能人なんだから、もっと美味《うま》い飲食店とか簡単に行けるだろ？　わざわざ俺のところに来なくたって――」

「じゃあ毎月給料として三十万払う。それとは別に二人分の食費も出す。だから毎日食べさせて」

　突然、乙咲は鞄《かばん》から生の金を取り出し、目の前に置く。

　確かにざっと三十万ほどに見えるが――。

「どう？」

「分かった。遠慮せずに来てくれ」

「……」

「……」

しまった。つい金に釣られた。

俺は咳《せき》ばらいを挟み、再び口を開く。

「きょ、今日はこうして払えるかもしれないけど、アイドルだからって毎月三十万以上払えるのか？　できもしないことを言うもんじゃないぞ」

「今年は五本ＣＭが決まっている。曲も売れてるし、コンサートだってある。何の問題もない」

「説得力があり過ぎる……！」

具体的な金額は分からないが、きっと俺のような庶民では決して手に入らない大金をもらっているに違いない。

「足りない？　それなら五十万でもいい。そもそも私はあまりお金を使わないから……」

そう言いながら追加の金を取り出そうとする彼女を、慌てて止める。

「……いや、実際どこまで期待に応えられるかも分からないし、初めから上げる必要はねぇよ」

「でも……」

「……分かった。その話受けるよ」

「ほんと!?」

目を輝かせた乙咲が、俺の手を握る。

思わずキョドリそうになる心を落ち着けつつ、俺は言葉の続きを話し出した。

「熱意に負けたよ。生きていく上で金は必要だし……俺の働きに三十万なんて価値をつけてくれたのも、素直に嬉《うれ》しいし」

「本当はもっと払わせてほしい。でも志藤君が上げる必要ないって言うなら我慢する」

「ああ、そうしてくれ。今後ちゃんと期待に応えられたその時は、また検討してもらえると助かる」

「分かった。そうする」

彼女の手がするりと離れる。

元々どこか感覚がおかしい奴だとは思っていたが、乙咲はそのさらに上を行く変人だった。

同級生に飯を作ってもらうだけで三十万出すなんて、頭のネジが外れているとしか思えない。

それに甘える俺も大概である以上、もう指摘することはできないのだが。

「だけど約束してくれ。俺の部屋に来る時は絶対に正体がバレないように努めるって。一つも油断しないで、絶対に帽子とマスクは外すな。これは俺のためでもあるけど、一番は乙咲のためなんだからな？」

「分かってる。アイドルは続けたい」

「よし。なら契約だ。俺はお前のために飯を作る。お前は俺にその分の給料を払う」

「うん、契約する」

「……まあ口約束でしかないけどな。じゃあ早速今日の分を作るよ。何が食いたい？　物によっちゃ作れねぇけど」

「じゃあ、カレーが食べたい」

「割と時間かかるぞ？　大丈夫か？」

「大丈夫。今日は泊まる」

「――――は？」

乙咲は至極当然とでも言いたげな顔をしている。

トップアイドルのミルスタのセンター、レイを家に泊める……？

脳の処理が追い付かず、混乱が広がった。

「毎日ご飯を作ってくれるって言った。私は朝もちゃんとご飯を食べる。だけど私の家からここに毎朝通うと、睡眠時間が確保できない。だから泊まる」

「お、おう……そうか。駄目だけどな？」

「どうして？」

「いくらお互いにその気がないからって、高校生が二人っきりで寝泊まりするのは色々とまずいだろ……一緒に飯食ってるだけならともかく、寝泊まりは言い訳できねぇぞ」

「じゃあやっぱり五十万払う。そしてもっと気を付ける」

「んもう。仕方ないなぁ」

ごめん、お金には勝てなかったよ。


カレーを煮込みながら、俺はテレビに目を向けている乙咲を見る。

画面の中では、ちょうどミルスタのライブ映像が流れていた。

元の番組自体は収録済みの音楽番組らしく、ライブ映像自体も彼女らの紹介のために使われたようだ。

「やっぱりこの時の腕振りはもう少し大きくてもよかった……」

「ずいぶん細かいな……正直分からないぞ？」

「頭の中だけで想像しても分からないと思う。実際見てみればきっと印象が変わるはず」

「そういうもんなのか」

いつもは何を考えているのか分からない顔も、今はどことなく仕事人の顔になっている。

画面越しに見ていた顔がすぐそこにあると思うと、何とも不思議な気分だ。

「ほら、できたぞ。ご希望のカレーライスだ」

「っ！　待ってた」

今日はちゃんと炊いた米にカレーをかけ、乙咲の前に置く。

今回作ったカレーは出汁《だし》と醤油《しょうゆ》を少し混ぜたもので、若干和風よりの仕上がりになっている。

味見の時点で俺の口には合っていたが、彼女の口にはどうだろうか？

「美味《おい》しい……！　美味しすぎてびっくりした」

「お前のリアクションはほんとに作り手に優しいな」

目を輝かせながら感想を言うものだから、お世辞だと疑う余地がない。

続いて自分でも飯と一緒に口に入れてみたが、確かにこれはいい出来だ。

一度だけ同じ作り方をしたことがあるが、その時よりも美味くなっている。

成長が感じられると嬉しいものだ。

「おかわりしたい」

「そう言うとは思ってたけど、これだけの量がその細い体のどこに消えてんだよ」

「厳しいレッスンに耐えるには、もっと多くの食事が必要。これくらいじゃむしろ全然足りない」

「へぇ……こりゃ作り甲斐《がい》がありそうだ」

おかわりを渡してやると、乙咲はまた嬉しそうに食べ始める。

その姿を見て徐々に冷静になってきた俺は、ずっと疑問だったことを聞いてみることにした。

「なあ、やっぱりちょっとおかしくないか？」

「何が？」

「お前がこんな庶民の飯を食べたがることがだよ。皮肉でも何でもなくさ、お前ならもっと美味い飯にありつけるだろ」

この話は、俺にとってあまりにも旨《うま》すぎる。

アイドルに飯を作って家に泊めるだけで、月五十万。

もはや詐欺を疑うレベルだ。

現に俺は今裏を疑っている。

金もまだテーブルの上にそのままにしているし、手を付けていない。

浮かれ気分もここまでだ。ちゃんと未来を見据えた話をしなければ――。

「……誰かの手作りを食べたのは、久しぶりだった」

「え？」

「私の家、ちょっと裕福。でもお父さんもお母さんも忙しくて、ほとんど家にいない。だから食事は家政婦さんがいつも作ってくれる。私が帰ってくる時間に合わせて温めてくれるし、味も美味しい……でも、温かいはずのご飯は何故《なぜ》か全然温かくなくて」

言葉を区切って一度は沈黙した乙咲《おとさき》だったが、すぐに再び口を開く。

「志藤《しどう》君のご飯は今まで食べたどんなものよりも温かかった。それが何だかとても嬉しくて……きっといつまでも忘れないって思ったの」

「……そんな大層なもんじゃ、ねぇよ」

そうか、こいつも俺と『同類』か。

ともあれ、彼女の言葉が嘘《うそ》ではないということは分かった。

これがアイドルの演技だったとしたら、もはや本人を褒めるしかない。

「けど、分かったよ。その、疑って悪かったな」

「疑ってたの？」

「話が旨すぎたからな。国民的人気アイドルが家に来て、飯食わせて泊めるだけで金がもらえるなんて、本来ならこっちが払う側だろ」

「価値があると思った物にはお金を払う。当然のこと」

「そうかもしれねぇけど……お前にはその見た目だけでもとんでもない価値があることを自覚しろよな」

「……そういうもの？」

俺の言葉が理解できないのか、乙咲はきょとんとした表情を浮かべて自身を見下ろす。

「志藤君も、私の体好き？」

「ぶっ――――」

慌てて口を押さえ、ちょうど含んでいた水を噴き出さないように努めた。

代わりに水が気管に入ってむせてしまったが、そんなことはもはやどうでもよかった。

「な、何言ってんだ⁉」

「皆私の体をじろじろと見てくる。本当は歌や踊りで評価してほしい。でも、やっぱり見た目も大事?」

——返しに困る。

まあこいつ相手に取り繕う必要もない。正直な意見を伝えよう。

「そりゃそうだろ。見た目がよくなきゃそもそもアイドルとしてデビューできなかっただろうしな」

「……そっか。当たり前のことを聞いた。ごめん」

「別にいいけど……何かそれも事情がありそうだな」

「最近学校の人たちや、仕事先の人たちの目が怖い。気のせいかもしれないけど……」

直接本人には言いにくいことだが、きっと彼女の感覚は気のせいじゃない。

ぶっちゃけ男どもは間違いなくエロい目で見ている。

デビュー当時は中学生だった乙咲も、高校に入学してから一気に体つきが女っぽくなった。むしろなり過ぎた。

特にアイドルに興味がなかった俺ですらそう思うのだから、まず間違いない。

「お前はどこか危機管理能力に欠けてる気がするからな。本当に気を付けて生活しろよ」

「何に？」

「だから、男にだよ。男は獣ってよく言うだろ？　襲われてからじゃ遅いんだから」

「志藤君も獣？」

こいつは何度俺を困らせれば気が済むんだ。

たとえそうだったとしても、ここで頷《うなず》くことなどできやしない。

「俺は襲わねぇよ。大事な金づる——じゃなかった、雇い主だし、まだ犯罪者にはなりたくねぇ」

「金づるは酷《ひど》い。でも不思議と安心」

「金は一つの安心材料だ。別に悪いもんじゃねぇよ」

タダより高い物はないというように、金銭が発生した事柄に関してはその分の安心が買える。

俺も彼女から金を受け取っている限りは、裏切るような真似《まね》はしない。

まあ、もらってなくても人間としてそんなことはしないが。

「乙咲って、本当に純粋な奴《やつ》なんだな」

「そう？」

「ああ。だから人気が出た部分もあるんじゃねぇかな、多分」

芸能界はよく闇が深い場所とも聞く。

彼女がいつかその闇に触れて苦しむことがなければいいんだが――それは俺にどうにかできることでもないし、彼女からすれば余計なお世話かもしれない。

よく知りもしないで口を挟むことだけはしないでおこう。

「あ、そう言えば風呂はどうすんだ？　俺の家には男物のシャンプーしかねぇぞ？」

「大丈夫、持ってきた」

乙咲は自分の鞄《かばん》から『ザ・お泊まりセット』とでも呼ぶべきポーチを取り出す。

中には一回分使い切りタイプのシャンプーやボディソープに、歯ブラシと歯磨き粉が入っていた。

「泊まる気満々過ぎるだろ……」

「うん。初めからそのつもりだった」

「お前さ、よく男を勘違いさせるって言われないか？」

「メンバーから言われたことがあるけど、何で分かったの？」

「やっぱりどこか変だな、お前」

天才には変人が多いと聞くが、きっと乙咲もそのタイプだ。

俺が女だったら、恋人でもない男の家に泊まるなんて断固として拒否している。

しかも一人で。しかも長い付き合いでもないのに。

その変人っぷりのおかげで給料をもらえるのだから文句はないが、心配は尽きなそうだ。

「志藤君」

「何だよ」

「これから、よろしく」

「……ああ、よろしく。それと今後は凛太郎《りんたろう》でいいよ。俺からすればお前は上司だからな」

「分かった。じゃあ私のことも玲《れい》でいい」

「話聞いてたか……？　お前が上司で俺が部下って話をしてたんだけど」

「じゃあ……命令？　名前で呼び合えば、もっと仲良くなれる」

「小学生かよ」

少し安請け合いし過ぎたかもしれない。

金を受け取ってしまった以上は、乙咲の言葉は絶対。

これからは逆らえないのだ。

――ほんの少しだけ、早まった選択をしてしまった気がした。

◇◆◇

トップアイドル、乙咲玲との謎の共同生活が始まってから早一週間と数日が経過した。

その間で少し安心したのは、決して玲が毎日泊まるわけではなかったということ。

仕事の都合でマネージャーが家に迎えに来ることもあるらしく、そういう日は朝食用の弁当を持たせて前日に帰宅させる。

その度に不満げな顔をされるのだが、本人も仕事とプライベートは弁《わき》えているつもりのようで文句は言ってこない。

彼女自身が言っていたように、両親はほとんど家に帰ってこないそうだ。

故に俺の家で泊まる日は、家政婦さんに友人の家に泊まるという断りを入れているらしい。

何も伝えずに来ているわけではないようで安心したが、その初カレの家に泊まることになった女子みたいな言い訳はいかがなものかと思う。

「凛太郎。私いいこと思いついた」

夕食後から水につけておいた皿を洗っている俺に、突然玲が声をかけてくる。

まだ短い付き合いの中で分かったことの一つとして、彼女の言う『いいこと』は俺にとっての困りごとだ。

嫌な予感をビンビンに感じつつも、洗い終わった皿を置いて彼女の隣へと腰掛ける。

「馬鹿なこと言いだしたら明日の飯にお前の嫌いな物を混ぜてやる」

「残念ながら私に嫌いな食べ物はない。一つの自慢」

「チッ、そうかよ。――それで、何を思いついたんだ？」

「この家に食べに来ないといけないから、面倒なことが増える。だから新しく家を借りて二人でルームシェアすれば解決。とても名案」

「案の定とんでもないことを言い出したな、お前」

「どうして？　とても効率がいい」

……確かに効率はいい。しかし効率だけではこの件は語れない。

そもそもただでさえプライベートな時間がなくなりつつあったのに、本格的に同じ家で暮らし始めればそれこそゼロになる。

「お前は実家暮らしだろ？　俺と暮らすって言えない以上、表向きには一人暮らしを始めるように見えるわけだし……周りが許してくれるのかよ」

「それは――ちょっと不安」

「じゃあこの話は保留だ。また不都合ができたら考えようぜ」

「……分かった。そうする」

「よし、偉いぞ」

雇い主に偉いだなんて舐《な》めているとしか言いようがないが、これも玲から友人として接しろという命令があったからこその対応だ。

それに何というか……どことなく犬っぽいんだよな、こいつ。

躾《しつけ》が必要な気がしてくるというか――――いや、これ以上は失礼すぎるからやめておこう。

「そんなことより、もういい時間なんだから俺は寝るぞ。明日は一限目から体育だし」

「ん、分かった」

ダラダラと立ち上がった玲は、そのまま寝室の方に消えていく。

俺はリビングにあるソファーの背もたれを倒し、ベッドに変形させた。

元々寝室にあったベッドは、現在彼女に無理やり使わせている。

と言うのも、最初玲は俺にそのままベッドを使わせようとして聞かなかった。

逆に俺には彼女にソファーを使わせるという選択肢はなく、話は平行線。

最終的に俺たちが妥協できた形は、玲はベッドを使い、俺は彼女が買ったソファーベッドを使うというものであった。

つまりこのソファーは初めから俺の家にあったものではない。

というか、やはり売れっ子アイドルの財力には驚かされる。

このソファーもかなり高級で質のいい物であり、一般的な高校生が「買います」と言って気軽に買える物ではない。

(でもまったく羨ましいとは思えねぇなぁ)

彼女が眠っているであろう寝室に視線を向け、そんなことを想《おも》う。

過密なスケジュール、失敗は許されない環境、ＳＮＳなどで繰り広げられる心ない誹謗《ひぼう》中傷。

特に問題も起こしていないミルスタだからまだ控えめだが、それでも何度か彼女らのことを気に入らないと思っている人間が暴言を吐いているところを見たことがある。

俺が飯を作ることで、少しでも玲のストレスが和らげばいいが――。

夜が明けて、時刻は六時。

質のいいソファーベッドのおかげですっきり目覚められた俺は、いつも通り朝飯作りに取り掛かる。

作ると言ったものの、そこまで手の込んだ料理を作っているわけではない。

昨日の白飯が残っていることを確認し、それと一緒に食べられるように少し濃い味付けでベーコンと目玉焼きを焼いておく。

食費に糸目をつけずに済むようになったおかげで買ったレタスをメインにしたサラダを隣に置き、コーヒーを淹《い》れる。

もちろん彼女の分は砂糖とミルクをふんだんに使った。

「おい、玲。朝飯できたぞ。……玲？」

はぁ、またか。

彼女はだいぶ朝に弱い。

自分で起きられることは稀《まれ》で、大体は俺が声をかけて起こしている。

そして声掛けで起きなかった時は、仕方なく部屋に入って直接起こすのだ。

「仕方ない、入るぞ」

一応断りを入れて、寝室の扉を開ける。

案の定というか、玲は俺のベッドの上で心地よさそうに寝息を立てていた。

しかしその見た目が問題だ。

最近六月に入って少し気温が上がってきたからか、布団が豪快に除《の》けられている。

それだけならまだしも、彼女が寝間着にしていた「働きたくない」と書かれたクソださいTシャツが大胆にめくれていた。

まあ、このTシャツは俺のなんだけど――――。

Tシャツがめくれているせいで胸の下の部分が見え隠れしており、かなり目のやり場に困る。

（でっか……じゃなかった。下着つけずに寝てんのかよ、こいつ）

危うく邪《よこしま》な考えが浮かびそうになるが、それを理性で押さえつける。

いくら仕事だ何だと言い張っても、やはり男の本能を押さえつけるのは至難の業だ。

心を落ち着け、再び玲に向き直る。

「おい、起きろ。起きて飯を食え」

「ん……」

玲が身じろぐ。

その際に元々めくり上がっていたTシャツがさらにめくれそうになり、慌てて布団をかけ直した。

「ん、凛太郎……？」

「起きたか。ほら、さっさと顔洗って来い」

「……分かった」

のそりと起き上がった玲は、おぼつかない足取りで洗面所へと向かっていく。

この姿だけ見たら、果たして本当にトップアイドルなのか疑いたくなる程にはだらしない。

――まあ、常にシャキッとしてろって言う方が酷か。

少しは目も覚めたのか、洗面所から戻ってきた彼女はいつも通りの顔になっていた。

そのまま俺と共にソファーに座れば、「いただきます」の挨拶を挟んで朝飯に手を付け始める。

「ん、黄身が半熟……」

「そのくらいが好みって言ってたからな。コーヒーも砂糖とミルクが多めに入ってる。サ

ラダに関しては好きなドレッシングを使え」

「自分に合わせて作ってもらえるって、やっぱり嬉《うれ》しい」

「俺もお前の好みが分かりやすくて助かったよ。すぐに合わせてやれるからな」

こうして素直に意見を言ってくれるおかげで、飯を作る時のストレスはほとんどない。

むしろ面白いように喜んでくれるからか、作り甲斐《がい》に関しては今までの比ではなかった。

「弁当は持ったか？」

「うん。大丈夫」

「そんじゃ戸締りするから、先に出ろよ」

「分かった。じゃあまた学校で」

その後制服に着替えた玲《れい》が、玄関から出ていく。

当然の話だが、俺と彼女は一緒に登校などしない。

基本的に玲が家を出た五分後に俺が出発し、駅に向かう。

駅に到着してからは不自然さがないように合流したり、しなかったり。

さすがに隣に立って話もしていなかったら、クラスメイトとして不自然だからな。

（この生活にもすっかり慣れちまったな……）

扉の鍵を閉め、いつも通りの道を歩いて駅へ向かう。

駅の改札を抜けてホームまで行き、何気なく玲を探してみた。

するとちょうど中学生と思わしき男女の集団にサインを求められている彼女が視界に入る。

眼鏡とマスクで顔の大部分は隠れているとは言え、さすがに連日目撃されれば声をかけてくる人間も増えてしまうようだ。

彼らが去れば、入れ違いでクラスメイトの女子が玲の隣に立つ。

あの女子は確か陸上部に所属しているため、朝練がある時はもっと早い電車に乗っている。

今日はそれがなかったようで、玲と一緒に登校できるようだ。

こういう時は俺が彼女と合流せずに済むので、少し助かっている。

「ねぇ、凛太郎《りんたろう》ってちょっと変わった？」

「はぁ？」

一限目の体育のために着替えていると、突然雪緒《ゆきお》がそんな風に問いかけてきた。

向こうとしては俺の困惑した表情こそ意外だったようで、首を傾《かし》げている。

「自覚ないのかい？　何だかすごい余裕が出てきたように見えたんだけど」

「……余裕ねぇ」

生活水準が大きく上がったからだろうか。

確かに前よりは浮かれて生活しているかもしれない。

「も、もしかして……彼女ができた、とか？」

「そんなわけねぇだろ。俺に恋人ができる時は、それは俺が一生養ってくれる相手を見つけた時だ。まあ、大学卒業までは相手を探す気もねぇけどな」

「そ……そうだよね！　じゃあ僕の勘違いか！」

何で俺に恋人がいないと嬉しそうなんだ、こいつ。

まさか自分はモテる癖に他人の幸せは許せないタイプだったのか？

「つーかそういう話なら、お前の方こそ前に告白されたって女子はどうしたんだよ。結構いい子だって言ってなかったっけ？」

「うーん……でも付き合うとかそういうのはまた別というか。どうしても異性として好きになってあげられないっていうか……友達なら全然問題ないし、むしろ歓迎なんだけどね」

どちらかと言えば可愛《かわい》らしい顔つきのイケメンである雪緒は、中学の頃から比較的モテる方だった。

顔もよく性格もいいとくれば、そうなるのも必然と言えるだろう。

しかしその分弊害もあったようで、振った女子からストーカーじみた被害を受けたことがあった。

その時は連日俺が一緒に帰ったりして対策し、最終的に高校入学に乗じて家族ごと引っ越すことで事なきを得ている。

元々父親が一軒家の購入を考えていたらしく、都合は悪くなかったらしい。

「別に好意を向けられたら好意を返さないといけない義務もないんだし、お前が気に病む必要もねぇよ。自分から誰かを好きになるまでゆっくり待てばいいんだ」

「うん……そうだね。そうするよ！」

何故《なぜ》か突然明るい声色になった雪緒は、吹っ切れたような目で俺を見ている。

どうやら悩みは解決したようだ。いやぁ、親友を助けられると気持ちがいいなぁ。

着替えを終えた俺たちは、そのまま体育館へと移動する。

ぶっちゃけ高校の体育など半分くらいは遊びのようなもので、指定された競技から外れなければ割と自由な時間となる。

特に今日のようなバレーボールの日は、コート数の都合上常に半分程度の生徒は壁際で休む羽目になっていた。

「おいおい見てみろよ、乙咲《おとさき》さんの方」

「うおっ、相変わらずすげぇな」

雪緒と並び順番待ちをしている間、近くの男子たちがコート内で躍動する玲を見て鼻の下を伸ばしていた。

元々運動神経がいいためか、玲はバレー部と同等の活躍を見せている。

スパイクなんて男子でも受け止められるかどうか分からない速度だ。

しかしそんな風に動き回れば、当然のように男子の視線を集めてしまう。

特に彼女は――――言葉を濁せば高校生らしくない体つきをしている。

つい今朝のことだが、俺も彼女の暴力的な美貌には大きく動揺させられたわけだし、男子の鼻の下が伸びることに関しては咎《とが》めることはできない。

まあ、小声とは言えそれを口に出してしまっている時点で若干奴《やつ》らを軽蔑してしまうが。

「凛太郎、どうしたの？　周りきょろきょろ見回して」

「いや、自分より低俗な奴らがいるって思うと落ち着くなぁって」

「本当に清々《すがすが》しいよね、君」

何故か雪緒が哀れみの目で俺を見ている。

おかしいな、俺はただ本音を言っただけなのに。

――――あれ？　じゃあ俺も他の男子と大して変わらなくないか？

「……」

ま、いいか。嫌なことに気づく前に考えることをやめておこう。

時間は進み、昼休み。

俺は雪緒と顔を突き合わせ、弁当を広げていた。

ちなみに弁当の中身の話だが、玲とは半分くらい違う物で構成されている。

彼女の方はほとんど手作りで固めたが、俺の方はその半分ほどを冷凍食品で補っていた。

もちろん、お互いの弁当の具材で変に勘ぐられないためである。

「凛太郎を尊敬しているところはいくつかあるけど、そのうちの一つは間違いなく毎日お弁当を作ってくるところだね。僕にはとてもできないよ」

「慣れるまではだいぶきつかったけどな。ただこれも将来のためだから」

「働きたくないが故にストイックになっているのが本当に君らしいというか……」

飯を口に運ぶ。うん、冷めても美味《うま》い。

俺の弁当の中で手作りなのは、大部分を占めている肉じゃがだ。

昨日のうちに煮て一晩味をしみ込ませてあるからか、人参《にんじん》とじゃがいもによく火が通って甘味が増している。肉と玉ねぎは言わずもがな。

「わぁ！　乙咲さんのお弁当すごい綺麗《きれい》！」

玲を囲んでいた女子から、突然そんな声が上がる。

普段から周りに人の絶えない彼女だが、今日は特別多い。

理由はどうやら俺の作った弁当にあるようだが――――。

「お母さんが作ってるの？」

「え……あ、いや、違う」

「え!?　じゃ、じゃあもしかして……自分で!?」

「う――――うん、そう」

「えー！　すごい！　毎日忙しいんじゃないの!?」

「忙しいけど……栄養は大事だから」

玲の回答によって、囲んでいた連中から感心の声が上がる。

本人がどことなく申し訳なさそうなのは、きっと自作と言ってしまったからだろう。

俺としてはむしろグッジョブと褒めてやりたい。

「へぇ、アイドルってだけでもすごいのに、自炊までしてるんだね。すごいなぁ」

「そうだな。到底同い年とは思えないわ」

「ん？　凛太郎、何か笑ってない？」

「ああ、自分で作った肉じゃがが美味すぎてついな」

「そんなに？　少しもらってもいいかい？」

「いいぞ。ほら、飯の上に乗せてやる」

間接的にとは言え、自分が作った物が褒められるのは気分がいい。

上機嫌でおかずを雪緒に渡し、俺はちょっとした満足感に浸るのであった。

◇◆◇

「ごめん、凛太郎」

「え？　急にどうした？」

アイドルのレッスンを終えて俺の家に帰ってきた玲は、部屋に入って早々頭を下げてきた。

「お昼、凛太郎が作ってくれた弁当を私の手柄にした……だから、ごめん」

「あー、それか」

思い返してみれば、弁当は自分で作っているとクラスメイトに言ってしまった彼女は酷《ひど》く申し訳なさそうな顔をしていた。

俺のことを重んじてくれているのはありがたいが、少し気にしすぎにも思える。

「別にいいって。むしろ自分が作ったことにしてくれたおかげで自然さが出た。リスクを下げることはいいことだからな」

「……そう言ってもらえると、少し楽になるけど」

「とにかく！　俺のことは絶対に外部に話さないこと。それさえ守ってくれるなら何でもいいからな」

「分かった……そうする」

玲《れい》はいい奴だ。暴走することもあるが、根は真っ直《ま》ぐ《す》で思いやりもあり、信念もある。

我儘《わがまま》を言い出した時は頭がおかしい奴とも思ったが、今はもうそんな印象もどこかへ消えた。

「ほら、辛気臭い顔はやめて飯を食え。まあ今日はパスタだけどな」

「パスタ？」

「トマトミートソースだ。好みで粉チーズをかけてみろ」

赤いソースのかかったパスタを、玲の前に置く。

このソース自体はトマト缶とミートソースの素《もと》を混ぜて煮込んだだけのものだが、簡単が故に安定した味になっている。

余ったソースは明日の夜にドリアに使う予定だ。

ライスを敷いてその上にソースをかけ、チーズを乗せてオーブンで焼く。

手抜きと思うことなかれ。こうした工夫こそが専業主夫の秘訣《ひけつ》である。

「いっぱいかけてもいいの？」

「ああ、いいぞ。どのみち食料品はお前の金だ」

「そう言えばそうだった」

納得した様子の玲は、パスタの上に粉チーズをふんだんに振りまく。

全体的にソースがうっすらと白みがかった頃、彼女は端から巻いて口へと運んだ。

「っ！　美味《おい》しい」

「お前は本当に作り甲斐《がい》のある反応をするなぁ。一応おかわりもあるから、欲しかったら言えよ」

「欲しい」

「お前は食うのも速ぇなぁ」

玲の分のおかわりを用意した後で、俺も自分の分へと口をつける。

特に凝ったこともしていないが、家で作る程度ならこれで十分。

あっという間に二人揃《そろ》って完食した後、俺はつけっぱなしにしていたテレビへ視線を向けた。

「本当に……大人気アイドルなんだな」

画面の中に映るミルスタの三人を見て、俺は無意識にそう呟《つぶや》いていた。

音楽番組、バラエティ、ニュース番組、ＣＭ――ここしばらく見ない週がないくらいには、彼女らの活躍は目覚ましい。

それだけ忙しい日々を送りつつも、出席日数を守り学校にも通い続けているという超人っぷり。

改めて俺は、乙咲玲という規格外の生物に目を向ける。

そして口元についたミートソースの跡を見て、一つため息を吐《つ》いた。

「……玲、じっとしてろ」

「何？……んっ」

ウェットティッシュを手に取り、彼女の口元を拭う。

俺にされるがままになっている玲は、さながら自分の子供のようだった。

「ありがとう。でも恥ずかしい」

「だったら気を付けろ。……俺の前にいる乙咲玲は、まるでテレビとは別人みたいだな」

「ん、別人じゃない。オンとオフがしっかりしているだけ」

「でも学校でのイメージはちゃんとアイドルだぜ？　自意識過剰なら申し訳ないんだけどさ、この家にいる時だけだらしなくなってる気がするんだけど」

「それは、そう。私はここにいる時と、ミルスタの三人でいる時だけオフってことにしている。あとは常にアイドル。学校にいる時も、外を歩いている時も、休日だって誰かに見られている。イメージは、大事」

なるほど、確かに。

外でだらしなくしているところを人に見られれば、それはそのままミルスタのイメージに繫《つな》がってしまう。

普段通り生活しているように見えて、実は常に気を張っていたのだ。

「……すげぇな、お前。尊敬するよ」

「それはお互い様。私は凛太郎《りんたろう》と同じことは絶対できない」

「忙しいからだろ？　時間さえあればお前にだって――――」

「違う。確かにご飯は作れるかもしれないけど、凛太郎はそれ以上に小さな気配りをたくさんしてくれている」

玲は俺が持ってきたコーヒーの入ったマグカップを手に取る。

そのまま一口飲み、ほうっと息を吐いた。

「このコーヒーだって、私の好みの味。もう何も言わなくても淹《い》れてくれる」

「ま、まあな」

「私が一度好きって言った食べ物や飲み物をちゃんと覚えていてくれるし、用意もしてくれる。制服に皺《しわ》ができていたらいつの間にかアイロンをかけてくれるし、私用のシャンプーやボディソープの替えも気づいたら用意してくれてた」

「……当たり前のことじゃねぇか？」

「絶対にそんなことはない。少なくとも、私はそんなに気が回らない」

「そういうもんかねぇ……」

褒められれば少し照れるものの、特に考えがあっての行動ではないが故に困惑もある。

別に気を遣っているわけではないのだ。ただこうすれば喜んでくれるだろうと自然に……。

　あ、これが気が回るってことか。

「まあでも辛《つら》くも何ともねぇしな……」

「きっとそれが自然。私だって、アイドルの仕事は大変だけど辛くはない」

「へぇ……じゃあきっとそういうものなんだな」

「うん。そういうもの」

　玲が快適そうにしてくれているだけで、俺はいくらでも働ける気がする。

　自分のしたことが誰かのためになるということが、それだけモチベーションのキープに繋がっているのだ。

　初めは素直に受け取ったが、正直なところもう金だって別に――。

「あ、凛太郎。明日はちょっとしたお願いがある」

「ん？　何だよ」

「明日は学校がないから、午前中からレッスン。そこに持っていくお弁当を三人分作ってほしい」

「三人分!?　お前どんだけ食べるつもりだよ……」

「違う。いくら何でもそんなに食いしん坊じゃない」

「説得力がねぇな。で、どうして三人分なんだ？」

「ミルスタの二人に凛太郎の話をした。そしたら二人もあなたの料理を食べてみたいって」

「お、俺のこと話したのか!? 外部の奴《やつ》に話すなって言ったばっかりだぞ」

「二人は私にとって外部の人じゃない。それに、二人のことは信頼している。大丈夫」

「お前がそこまで言うなら……信じるけどさ」

まあミルスタのメンバーにとっても玲のスキャンダルは己の首を絞めかねない。

下手に言いふらすようなことはないと思うが、やはり彼女の危機管理能力は今後鍛えていく必要がありそうだ。

「別に三人分作ることに関しては構わねぇよ。えっと、カノンとミアだっけ？ 好みとか知らねぇから玲と同じ物になるけど、それでもいいんだな？」

「うん。二人も食べられない物はほとんどないから、何でも美味しく食べてくれると思う」

「そっか。じゃあ楽させてもらおうかね」

言い方は悪いかもしれないが、俺にとって料理は少なく作るより多く作る方が面倒くさくない。

もちろん作業量が変わるわけではないのだが、同じ手間でも二人分より四人分作った方が得した気分になるという話だ。

「ただ今からじゃ大したもんは作れねぇな……せっかくの機会だけど、朝に作れる物だけで補う必要がありそうだ」

「そういうことなら、一つ提案がある」

「何だよ」

「お昼頃に、凛太郎が届けに来たらいい。それなら昼近くまで時間ができるから」

「俺が!? いや、さすがにどういう顔して持っていったらいいか分からねぇよ……」

「大丈夫。明日は個人練習の日だから、借りてるスタジオには私たちだけしかいない。それに、二人も凛太郎に会いたがっていた。もちろんあなたが嫌なら、そこまではしなくていい」

「うーん……」

面倒事と見るべきか、それともせっかくの機会だと見るべきか。

同じクラスの玲はともかく、他の二人はそれこそ画面越しにしか会えない相手。

そんな連中に会いたいと言われるなんて、普通に生きていればありえない話だ。

そもそもの話、玲の世話役として先に挨拶をしておくべきかもしれない。

幸い締め切り明けで、優月《ゆづき》先生もまだゆっくり仕事をしている。

俺がバイトとして入るのは来週からだ。

「……分かったよ。玲の仲間に手抜き料理を食わせるわけにもいかねぇからな。場所だけ教えておいてくれ。十二時過ぎた辺りで届けるよ」

「ありがとう。二人もきっと喜ぶ」

「だといいけどなぁ……」

俺はただの高校生。それに比べて相手は国民的なアイドル。

そんな偉大な連中が俺の料理を食べたがるなど、普段から疑《うたぐ》り深い俺としては甚だ信じられない。とは言え玲が嘘《うそ》を言っているとも思えないし――うーむ。

（ま、細かいことは抜きだ。俺は飯を作って届けるだけでいい）

無駄に何か期待するでもなく、ただ頼まれたことをこなす。

……サインをもらう程度なら許されるだろうか？　許されるよな？

「ここかよ……」

俺は目の前にそびえ立つ高層ビルを見上げていた。

ここは玲が所属しているファンタジスタ芸能のビルだ。

こういったところに縁のない俺は、中に入る前から少々緊張してしまう。

まあここにいても何も始まらない。

俺は深く息を吐き、ビルの中に足を踏み入れた。

「あの、すみません」

「はい、ご用件はなんでしょうか？」

「十二時にミルフィーユスターズの乙咲《おとさき》と約束をしていた志藤《しどう》です。繋いでいただけますか？」

「……少々お待ちください」

受付の人に乙咲の名前を出せば、しばらくここで待つように伝えられる。

突然高校生のガキが彼女の名前を出したことで若干訝《いぶか》しげな視線で見られたが、まあ仕方のないことだろう。

それから二分ほど。

エレベーターが一階に降りてきたかと思えば、そこから動きやすい格好をした玲《れい》が現れた。

「お待たせ。中は複雑だから、案内する」

「お、おう……」

「ん、どうしたの？」

「いや……いつもと雰囲気が違うって思ってな」

「そう？」

いつもは下ろしている髪を後ろで一つに結んでおり、どことなくスポーティな印象を受ける。服装も黒のアンダーシャツの上に白いノースリーブ、下はショートパンツで、玲の染み一つない太ももが露出していた。

「なあ、このまま弁当だけ渡して帰るわけにはいかねぇか？」

「駄目。もう二人とも楽しみにしている」

「はぁ……どうして俺なんかを」

こっち、という彼女の言葉に従い、手を引かれるままエレベーターへと乗り込む。

そのまま十階ほど上がり、長い廊下へ出た。

廊下にはいくつか部屋が並んでおり、それぞれ番号が振り分けてある。

「もしかして、これ全部スタジオか？」

「そう。音楽系のアーティストが多いから、事務所の中にたくさんスタジオがある」

「金かかってんなぁ……」

「このビルも五年くらい前に建て替えられたばかり。大手の事務所はやっぱりすごい」

玲は迷いなく廊下を進むと、一つ角を曲がる。

その奥には防音室らしい頑丈そうな扉があった。

というか、ここまで存在した扉はもれなくすべて防音仕様だったようだ。

「入って」

重そうな扉をゆっくりと開いた玲に導かれ、俺はスタジオの中に入る。

中に入れば、壁一面に貼られた鏡や巨大なスピーカーが確認できた。

そして――――スタジオの壁にもたれるようにして、二人の人間が談笑している様子も目に映る。

テレビでよく見るその二人は俺に気づくと、興味深げな視線を俺へと向けてきた。

「おかえりー、レイ。その人があんたの言ってた〝りんたろー〟くん？」

「そう。お弁当を持ってきてくれた」

「いやー、悪いわね、我儘《わがまま》言っちゃって」

そう言いながら頭を掻《か》いているのは、ミルスタの元気担当とも言える存在、カノンだ。

赤いツインテールがトレードマークの彼女は、俺と同い年だと知っていても若干幼く見える。

隣に並ぶもう一人のメンバーと比べてしまえば、なおさらの話だろう。

「手間を取らせてすまないね、〝りんたろー〟くん。でもどうしてもレイが懐いたってい
う男がどんな人か気になってね。悪く思わないでくれると嬉《うれ》しい」

ミルスタの三人目のメンバー、ミア。

彼女はクールビューティー――どちらかと言えば王子様系の女子として売り出されている。

王子様と呼ばれるだけのことはあり、顔立ちは可愛《かわい》いというより綺麗《きれい》。

男装でもしようものなら男が嫉妬するレベルのイケメンさを誇っていた。

ただそれは顔だけの話で、体つきは玲に負けず劣らずの女性らしさが際立っている。

「ああ、いや。俺も大ファンのミルスタの三人に自分の弁当を食べてもらえるだなんて
思ってもみなかったから、すごい感激だよ。手間なんて気にしないで」

「「……」」

「……あれ？」

俺はよそ行きの笑みを浮かべ渾身《こんしん》の優しい男ボイスを繰り出したのだが、対する二人は

ポカンとした表情をしている。

何か外しただろうか？　困惑と不安が入り混じり、思わず玲へ視線を投げた。

「あ、二人にはもう凛太郎《りんたろう》の話をいっぱいしてある。ちょっと口が悪い話とか、普段は猫を被《かぶ》っていることとか」

「先に言えよ！　取り繕っちゃっただろ！」

つまりもうこの二人は俺の普段の様子を知っているわけだ。

くそ、優男キャラで乗り切ろうと思っていたのに。

「ぷっ……あはははは！　やっぱり聞いてた通り面白い男ね！　りんたろーは！」

「チッ、まあいいや。てかお前、いきなり下の名前は馴《な》れ馴《な》れしいぞ。友達でもねぇんだから」

「別にいいじゃないの。アイドルに名前を呼ばれるのよ？　ファンなら跳んで喜ぶことでしょ？」

「別にファンじゃねぇし」

「はぁ!?　さっきのは態度だけじゃなくて言葉も嘘なの!?」

「そうだよ。いくら国民的アイドルだからって全員が全員お前らのファンだと思うなよ」

「何よ！ってかレイからあんたの下の名前しか聞いてないし！　あんただってあたしたちの下の名前しか知らないでしょ！」

「……確かにそうだ」

俺はカノンもミアも芸名でしか知らない。

言われてみれば本名を知っているのは玲だけだ。

「ほーらごらんなさい。だからあたしは悪くない！」

ピーチクパーチク捲《まく》し立てるその口は、さながらうるさい鳥のようだ。

確かに言っていることは間違っていない。

間違っていないのだが――――。

「……何か態度がムカつくなぁ」

「普通芸能人にそんな態度取れる!? あんたすごいわね!?」

「今回ばかりは俺に分があるからな。俺にはこの弁当を好きなようにする権利がある」

俺はカノンの目の前に持ってきた弁当を揺らして見せる。

すると彼女の腹から大きな音が鳴り、揺れる弁当箱に釣られるようにして視線を泳がせ始めた。

「おやおや、相当腹が空《す》いてるようですわねぇ。どうしてもと言うならくれてやってもいいですわよ？」

「せ、性格悪！」

「何とでも言え！――――ま、玲との契約がある以上渡さざるを得ないんだけどな」

「何なのあんた!?」

ふむ、カノンは思ったよりもからかうと面白いタイプだったか。

俺は彼女の目の前に包んであった弁当箱を置き、中を開いて見せる。

すると今までご立腹だったカノンの表情が変わり、それと同時に隣にいたミアも感心したような声を漏らした。

「ほう、料理の腕も聞いていた以上だね。ボクらのためにこんなに凝ったものを作ってきてくれたのかい?」

「一応な。普段玲に食べさせてる物が大した物じゃないって思われるのも癪《しゃく》だし、ちょっとは力を入れたよ」

弁当の中には、煮込みハンバーグや唐揚げなどの肉類の他に、ポテトサラダ、アスパラのベーコン巻きなどが詰めてあった。

煮込みハンバーグはもちろんレトルトではなく手作りだし、唐揚げも独自に配合した醤《しょう》油《ゆ》やニンニクで作ったタレに一晩漬けた鶏肉《とりにく》を使っている。

玲に恥をかかせるわけにもいかず、かなり本気で作った自覚はあった。

「え……嘘でしょ? この煮込みハンバーグも手作りなの?」

「当然だ。玲の弁当を作る時にレトルトやら冷凍は使わない」

余程余裕がない時以外は――。

「な、何か……すごい負けた気分」

愕然《がくぜん》としているカノンをよそに、俺は三つ作った弁当の内の一つを持ち、玲に差し出す。

「ほら、お前のだ。――どうした？」

「……別に」

玲はどことなく不機嫌そうに目をそらす。

弁当の中身が気に入らなかったのかと問いかけてみるが、それに対しては首を横に振った。

「違う。そうじゃない」

「じゃあ何だよ」

「初対面なのに、カノンと何だか仲が良さそう」

今のが仲がいいだなんて、こいつの目は節穴なのだろうか？

「あらら？　ふーん……レイはこの大親友であるカノンちゃんが他の人と仲良くしていることに嫉妬しちゃったんだぁ。愛《う》い奴《やつ》め！」

「それもあるし、いきなり凛太郎と仲良くできていることにも嫉妬してる。だから両方」

「……ほんっっっとに素直ね、あんた」

さっきまでからかうような視線を送っていたカノンだったが、今は呆《あき》れたような表情をしていた。

ここしばらくの付き合いで分かったことだが、確かに玲は今時あまり見ないレベルの素直さで、物怖《ものお》じしないで言葉を発する。

本来嫉妬の感情なんて人に言いにくいものだと思っていたが、彼女にとっては違うらしい。

「まあまあ、友人が増えるのは嬉しいことじゃないか。ボクも新しい友達ができて嬉しいよ、りんたろーくん」

「お前ら……ちょっと警戒心がなさすぎじゃないか？　一応一般人の男なんだから、軽率に友達とか言わないでもう少し……ほら、何かあるだろ」

「おや？　君はボクらに友達と言われるのは不服かな？」

「いや、別に不服ってわけじゃ……でも知人とかでいいんじゃないか？」

「不服じゃないならボクがどう呼ぼうが勝手だろう？　確かにまだ知人レベルかもしれないけれど、いずれは深い仲になっていく予定なのだから間違ったことは言っていない」

「確かに――――って、深い仲って何だよ」

「深い仲は深い仲さ。そこの解釈はお任せするよ」

「……俺、お前のこと苦手かもしれん」

「ボクは君のそういう素直なところが結構好きかもしれないよ。これからよろしくね」

「よろしくするかどうかは……まあ、善処するよ」

俺の返しにある程度満足したのか、ミアは愉快そうに笑みを浮かべる。

何だかとんでもない奴に目をつけられた気がした。

きっとこいつは玲《れい》よりも面倒くさい。

ずる賢いというか、策略家というか――言いたくないが、俺と正反対に見えて実はよく似たタイプだ。

「凛太郎のコミュニケーション能力を見誤っていた。まさかこんなに早く二人と仲良くなれるとは思っていなかった」

「仲良く……？　本当にそう見えているなら、やっぱりお前の目はだいぶ節穴だぞ」

ここに来てよく分かった。

玲を含め、ミルスタの三人と俺は住む世界が違う。

感性というか、何というか。

相容《あいい》れないというわけではないが、親和性があるかと問われればそれはノーかもしれない。

――ともあれ、だ。

「とりあえずは弁当を食ってくれ。冷める冷めないはこの際関係ないけど、早く食うに越したことはないからな」

「はっ、そうね。じゃああたしがレイの身の回りの世話を任せられる人材かどうか、きちんと食レポしてあげる――――ってうま!? 何この唐揚げ!?」

「お前の反応は本当に忙しいな……」

口に入れてから反応するまでが早すぎる。

ある意味こいつの食レポは受けるだろうな。

「うん、これは想像以上だね。冷めているはずなのにパリッとしているというか……煮込みハンバーグもびっくりするくらい柔らかいのに、形が崩れていない。しかもデミグラスソースの味は市販の物以上に完璧だ。これはレイが手元に置いておきたくなるはずだよ」

「お前の食レポは打って変わって完璧だな……」

「本当のことを言っているだけだよ」

三人が三人、それぞれが個性的なのがミルスタの長所なんだろうな。

カノンとミアだけでこれだけの差があるというのに、残った玲の反応も二人とは全く違う。もう一心不乱に食っている。

脇目も振らず、ただただ目の前の弁当に集中しているようだ。

ちょっと怖い。

「ま、まあ? 及第点ってところね! これならレイの世話役を任せてもいいわ!」

「及第点って……お前一番最初に美味《うま》いって声上げてたじゃねぇか」

「べ、別に褒めたんだから文句ないでしょ!? 何!? もっと褒めればいいわけ!? じゃあ言ってあげるわよ！　美味いわ！　高級焼き肉店の特上牛カルビ弁当に匹敵するくらいにね！」

「食ったことねぇけど、何となく分かるな……そっか、美味かったならよかったよ」

「あたしが手放しで人を褒めるなんて、この二人以外の相手にはほとんどないんだからね！　感謝しなさいよ！　そして作って来てくれてありがとう！　これで伝え残したことはないかしら!?」

「ツンデレキャラかと思ったらめちゃくちゃ素直じゃねぇかお前」

見た目的には絶対そのキャラなのに。詐欺か？

いや、別にこいつはそんなつもりじゃないんだろうな。

「凛太郎、ありがとう。とても美味《おい》しかった」

「もう完食したのかよ……そんなに急にかき込んで午後動けるか？」

「大丈夫。もう消化が始まってる感覚がある。むしろ体にエネルギーが行き渡って元気いっぱい」

「どうなってんだよ、お前の体」

多少は気を使って油をカットしてみたり工夫はしたものの、こんなに早く消化が始まるわけがない。

きっと玲の体が特別なのだ。これ以上は踏み込まないようにしよう。

「……じゃあ、そろそろ帰るよ。役目は果たしただろ？」

「おや、そんなつれないことを言わないでおくれよ。よかったらボクらのレッスンを見ていかないかい？」

「レッスン？」

「そう。今から次のライブでやるパフォーマンスを最初から通しでやるんだ。ちょうど二周年の記念ライブだから、三人とも特に気合が入っているんだよ」

「だいぶ長くなりそうだな、それ」

「まあ二時間くらいかな。でも自分で言うのも何だけれど、ボクらのパフォーマンスを間近で見られる機会なんてそうないと思わないかい？　それにボクとしては観客がいてくれた方が気持ちも上がるし」

「確かにそうだけど……」

俺は横目で玲へと視線を送る。

――どうしてこいつも期待の眼差《まなざ》しで俺を見ているんだ。

立場上、どうしたって玲に弱い。

俺が強く拒否すればきっと帰ることは容易だろうが、それではきっと玲が悲しい顔をする……気がする。

「わ、分かったよ……せっかくの機会、だしな」

「そうこなくっちゃね。ボクらも本番の気持ちで頑張るから」

ミアは楽しそうにスピーカーの方に近づき、素人には何をしているのか分からない操作をし始める。

その横に座っていたカノンは、一つため息を吐《つ》いた。

「知ってる？　あたしたちのライブのチケット代って定価でもそれなりに高いのに、転売されてるやつはその倍以上するのよ？　まあ、チケットの定価以上の転売はそもそもアウトなんだけど……それでも買うっていうファンがいるくらい価値がある物なの。得したわね、あんた」

「そう言われてみると確かに得した気持ちになるが……」

「っていうか、人生損していないなら得なのよ！　ほら、さっさとここに座る！」

「わ、分かったって」

カノンに肩を摑《つか》まれ、その場に座らされる。ちょうど三人を正面から見ることができる位置。確かにこれはファンならたまらない特等席だ。

損してないなら得。思いのほか胸を打たれる言葉だった。

どうせ帰ってもやることなどないのだから、もう諦めてこの状況を楽しんでしまおう。

「凛太郎《りんたろう》」

「何だよ……」

「見てて」

「……ああ、分かった」

俺のその言葉を聞いて満足したのか、玲はスタジオの中央へと立つ。

そして横に並んだカノンとミアと目を合わせると、そっと目を閉じた。


わん、つー。


玲のカウントに合わせ、三人は一斉に跳び上がる。

それと同時に、スピーカーから彼女らの曲が流れ出した。

俺でも知っている、彼女たちのデビュー曲だ。

(やっぱり……全然違うな)

さっきまでの彼女たちとは、雰囲気が全く違う。

高低差はないはずなのに、すぐそこ——手が届く位置にいるはずなのに、どういうわけだか遠い存在に見える。

まるでステージの上にいるような、そんな感覚。

中央に立つ玲が身を翻せば、それに合わせてカノンもミアもターンを決める。

驚いたのは、タイプが丸っきり違うはずの三人の動きが、この時だけは完璧に揃《そろ》っているという点。

しかもそれを歌いながら行っている。

なのに、何故《なぜ》かそれぞれの個性と呼べる部分だけははっきりと顔を出していた。

素人の目では大した感想も口にできないが、きっとこれが彼女らを一流たらしめている部分なのだろう。

激しい曲から、しっとりとしたバラード、明るく可愛《かわい》らしい曲まで、ミルスタの三人は完璧に歌い切り、踊り切った。

最後のポーズを決めてお辞儀をすると同時に、三人は大きく息を吐く。

これでライブ自体はおしまいのようだ。

思わず拍手をしていた俺に、玲は視線を向けてくる。

「……どうだった？」

「拍手の通りだよ。……すごかった。いい物を見させてもらった」

「なら、よかった」

ほっとしたような笑みを浮かべる玲の頰を、一筋の汗が伝う。

踊りながら歌う。それがどれだけキツイことなのかを、その汗が表していた。

「ふふん！　ちょっとは敬う気になったかしら！」

「ああ、ここに来た時よりも尊敬の念は強まったよ」

「……何よ。手放しに褒められるとちょっと気持ち悪いじゃない」

「どうされたいんだよお前は……」

　褒めたのに不満げな顔をされれば、こっちは立つ瀬がない。

　とりあえずカノンは放置し、俺はミアへと視線を向けた。

「えっと……ありがとうな、ミア。本当にいい経験ができたよ」

「ならよかった。お弁当を持ってきてくれるなら、またいつでも見せてあげるよ。それだけボクは君の料理が気に入ったからね」

「ただの一般人の弁当のどこがそんなにいいのかねぇ……？　俺にはいまいち分からねぇや」

「何だろうね。でも、すごく温かい気持ちになったんだ」

「俺の弁当で？」

「そうだよ。やっぱり学生と芸能人を兼業していると、少しずつストレスが溜《た》まってね。今は充実しているし楽しいんだけど……たまに普通に高校生活を送っている皆が羨ましくなる時があるんだよ」

「……ああ、なるほど」

「分かってくれるかい？　君のお弁当はね、そんなボクに『ただの高校生』の気持ちを思い出させてくれたんだ。これはすごくありがたいことなんだよ？」

ミアのその主張に、玲《れい》は頷《うなず》き、カノンは黙って顔をそらす。

否定もされないということは、どうやら二人も同じ気持ちらしい。

ようやく玲が俺の料理を気に入った理由に納得がいった。

「そうだ、せっかくならボクと連絡先を交換しないかい？　もうレイとは連絡を取り合ってるんだろう？」

「ああ……まあそれくらいは別にいいけど」

「うんうん。あ、ちなみに今から教えるのは仕事用じゃなくてプライベートのやつだから、絶対に人に教えちゃ駄目だよ？」

「晒《さら》さないから安心しろよ」

俺たちはそれぞれスマホを並べ、メッセージアプリの連絡先を交換する。

クラスメイトの名前がずらりと並ぶ中に、少しだけ異質な名前が紛れ込んだ。

「ちょっと！　そこで交換し合ったらあたしだけ除《の》け者《もの》じゃない！　あたしとも交換してよ！」

「いいけどさ……別に連絡する用事なんてありゃしないだろ？」

「こういうのは交換しておくことに意味があるの！　いつでも連絡できるってだけで結構

安心するんだから」

「それはまあ、確かに」

結局カノンとも連絡先を交換し、俺の新しい友達の欄にアイドルが二人並ぶことになった。

それにしても――宇《う》川《がわ》美《み》亜《あ》、日《ひ》鳥《どり》夏《か》音《のん》って……ガチの本名じゃねぇか。

「これでよしっと。休み時間とか夜なら相手してあげるから、面白い話の一つでも送ってきなさいよね」

「そんなところに労力を割くつもりはねぇ。あんまり期待すんなよ」

俺は服装を正しながら立ち上がり、彼女らの弁当箱を手に持った。

本当に綺麗《きれい》に食べきってくれたもんだ。箱が軽くてしょうがない。

「あ、玲。今日はどうすんだ？　いつも通りなら飯作って待ってるけど」

「うん、お願いしたい」

「分かった。じゃ、改めて俺は帰るわ」

これ以上ここにいても邪魔なだけだ。俺は三人に背を向け、スタジオの出口へと向かう。

「りんたろーくん」

「何だ？」

「またね」

「……ああ、また」

また、か。

妙に胸に残るミアの言葉に惑わされつつ、俺はスタジオを後にする。

今日の経験を糧に、一つだけ決めたことがあった。

玲が帰宅次第、このことは話すべきだろう。

受け入れてくれるといいのだが――。

「二人とも、〝例の件〟は考えてくれた？」

「うん。ボクは問題ないと思ったよ。カノンは？」

「……最初はちょっと反対だったけど、信用できそうな奴《やつ》ってことは分かったわ。……いいんじゃない？　あたしも問題ないと思う」

「――ありがとう。じゃあ、今日の夜に彼に話しておく」

◇◆◇

時刻は二十時を少し回った頃。

とっくに帰宅していた俺は、玲が食べる用の料理を作っていた。

献立はロールキャベツのトマトソースがけに、コンソメスープ。

キャベツが多少なりとも安く手に入ったため、今日はふんだんに使ってみた。

トマトソースもケチャップをベースにしているため、味自体は決して外さない物に仕上がっている。

「……そろそろか」

スマホの時計で時間を確認した直後、玄関の方で扉の開く音が聞こえた。

続いて聞こえてきたのは、スリッパが廊下を擦《こす》る音。

「ただいま。ちょっとだけ遅くなった。ごめん」

「いいって。ちょうど今できたところだから」

「ならよかった」

リビングに入ってきた玲は、少し疲れた顔をしている。

ライブの通しを全力でやった後も練習を続けていたのだから、それも当然の話だろう。

「その様子だとすぐに眠くなっちまいそうだな……先に風呂行ってこいよ。料理は冷めないように煮込んどくからさ」

「じゃあそうする。ありがとう」

素直に風呂場へ向かった彼女は、約二十分ほどでリビングに戻ってきた。

少し湿った髪のまま食卓についた彼女はどことなく色っぽく、この時ばかりは毎回直視できない。

「今日はロールキャベツだ。上にかかってるソースと絡めて食ってくれ」

「これも好物……！　いただきます」

相変わらず美味《うま》そうに食べる玲を見て、俺の中にふつふつと満足感がこみ上げてきた。

同時に、俺は一つの決心をする。

「玲」

「何？」

「これ、返す」

俺は玲の目の前に、札束の入った封筒を置いた。

これは彼女から給料として渡された五十万円である。

受け取って以来、俺はこれを使わずにずっと取っておいた。

「……どうして？」

「契約の内容を更新したい」

続いてノートを取り出し、テーブルの上で広げる。

そこには、俺が考えた新たな契約内容が記されていた。

「まず給料制をやめる。乙咲《おとさき》玲が払うのは、この家の家賃と光熱費、そして料理の材料費だけだ。調理器具が壊れた時は、その都度相談する。場合によっては俺の貯金で買う」

「でもそれじゃ――」

「これだけ払ったとしても、きっと十万円も行かないだろう。そしてその代わりに、俺の仕事量を減らしてほしい」

「どういうこと？」

「書いてある通りだ。まず、水曜日の夜、そして土日の昼と夜は飯を作らない。とは言えあらかじめ温めて食べられるように作ってはおくけど。これに関しては俺のバイト先の都合だ。手伝う日が決まっているからな」

そんでもって――。

俺はノートの最後に書いた文を指で叩《たた》く。

「泊まるのはやむを得ない事情がない限り一切禁止」

「え……」

「そんな『ガーン』みたいな顔しても駄目だ。本来年頃の男女が一つ屋根の下で寝泊まりすること自体がおかしいんだ。それに今日、改めて思ったよ。俺のせいでお前たちの夢が潰れることになったら、きっと一生引きずって生きることになるって」

そうだ。結局はビビったんだ。

玲がもう引退を考えているような歳《とし》ならともかく、これからまだまだ活躍できるという状況で起きるスキャンダルは、彼女から未来を奪いかねない。

そして乙咲玲から未来を奪うということは、同時に他の二人の未来も奪うことになる。

そんな重圧の中生活していくことなんて、俺にはできない。

「あー、それでこれは根拠のない話だけどさ。玲が初めに言ってくれた俺の料理は温かいって話……今日ミアが言語化してくれたおかげで、改めて自信が湧いたんだ。けど、給料制で飯を作ってたら、それはもう飲食店と変わらないだろ？　これに甘えてたら、いつかその温かさを忘れちまうんじゃないかって思って」

世の中の多くの主婦や主夫が給料制ではないように、そこを目指すなら俺も同じ環境に身を置くべきだ。

必要なのは義務ではなく、思いやり――――なんて言うと臭いけれど、玲が求めているものは、要はそういうものであるはずだ。

金銭のやり取りは必要ない。

それでも家賃やその他諸々《もろもろ》を要求したのは、完全無償で引き受けるほど俺はお人好《ひとよ》しにはなれなかっただけだ。

ある意味これは、将来のための予行練習とも言えるだろう。

「凛太《りんた》郎《ろう》が……それがいいって言うなら、この条件でも構わない」

「何だよ。やけに素直じゃん」

「泊まれなくなるのは、ちょっとだけ困る。けど凜太郎の言っていることは、多分きっと正しい。だから受け入れるべきだと思った」

「……そうか」

「でも、やっぱり行き来するのは面倒くさくなる」

「まあ、な」

「そこで、私からも一つ提案がある」

目を輝かせながら、玲は指を一本立てた。

この彼女の表情には、覚えがある。

俺に名前呼びを強要した時のような、有無を言わさないこの感じ。

何となく、嫌な予感がする。

「私はこれから一人暮らしを始める。これは今決めたわけじゃなくて、家族と、そしてメンバーの二人と話し合っていたこと」

「は、はぁ……」

「実はカノンのお父さんが不動産屋の人。だからもうマンションを借りることが決まっている。そしてそこにカノンもミアも住むことになっている。事務所にも近いし、効率的だからって」

「同居するってことか?」

「ちょっと違う。そのマンションの部屋は全部1LDKだから、さすがに三人じゃ狭い。だから三人とも同じフロアにある部屋を借りて生活する。でも、ひとフロアにある部屋の数は四つ。私たちは三人だから、その一部屋は借りない」

「まさか――――」

「そう。凛太郎にはその一部屋を借りてもらう。ここよりも家賃は高いと思うけど、払うのは私だから問題はない」

「いや、いやいやいや！　そんなの入居審査が通るわけないだろ⁉　お前らと違ってただの高校生だぞ⁉」

「そこはカノンのお父さんに上手《うま》く手を回してもらう」

「だ、だけど、カノンとミアは嫌がるんじゃないか？　よく知りもしない男が同じフロアに住むなんてさ」

「それは大丈夫。もう許可は取った」

「へ……？」

「今日凛太郎にスタジオまで来てもらったのは、カノンとミアが確かめたいと言ったから。同じ場所に住んでもいいと思えるかどうか……二人の結論は、〝問題ない〟だった」

まさか今日の対面にそんな意味があったなんて。

何故《なぜ》前もって伝えてくれなかったのか――――まあ、伝えていたら審査にならないからだろうな。

「マンションの廊下は外から見えないから、お互いの部屋を行き来していても見つからない。それに同じ場所に住んでいるだけなんだから、一緒にいてとやかく言われることもない。防音もしっかりしている部屋だから、プライベートも守られる」

「……話が旨《うま》すぎないか？」

「そうでもないと思う。引っ越しは手間だし、凛太郎の生活する場所が変わるだけで、生活水準が上がるわけでもない」

アイドルと同じマンションに、しかも同じフロアに、しかも隣に住むことができるなんて、それだけでとんでもない価値が生まれることをこいつは自覚していないのだろうか。

――――ああ、いや。

俺に対してはそれがメリットにならないということを理解しているからこそか。

よく分かっていらっしゃる。

「……うーん。どう考えてもデメリットがないな」

「でしょ？」

「ちなみに事務所に近いってことは、あの最寄り駅の近くってことでいいんだよな？」

「うん。事務所と駅まではちょうど十分くらいで着く。学校までは三駅」

「あー、そうだよな……」

「問題？」

「いや、逆だ。問題がなさすぎる」

玲《れい》には一切伝えていなかったが、彼女らの芸能事務所の最寄り駅は、俺のバイト先である優月《ゆづき》先生の仕事場の最寄りでもあった。

来週から優月先生も原稿の仕上げに入るため、しばらくはまた通わなければならない。

それも同じ最寄りならば自転車で移動できる。

これは明確なメリットだ。

「――分かったよ。俺の話も呑《の》んでもらうわけだし、玲の話も受け入れる」

「っ、ありがとう」

「で、引っ越しの準備自体はいつ頃までにしておけばいい？　別に大した荷物もねぇけど
……」

「来週までにお願いしたい」

「早ぇよ」

「凛太郎……大丈夫？」

「ん……？　ああ、問題ないぞ」

「そうは見えないけどなぁ」

前の席に座る雪緒《ゆきお》が、心配そうな表情で俺の顔を覗《のぞ》き込んできた。

スマホをつけてみれば、時計は二限目が終わってすぐの時刻を示していた。

ここまでの記憶がないことを考えると、どうやら俺は学校に来てからこの時間まで寝ていたようだ。

「どうしたんだい？　ここ数日で日に日に疲れが増しているように見えるけれど」

「いや、昨日からまたバイトが始まったんだけど、ちょうど荷造りと被《かぶ》って忙しくてな……悪いけど、後でノート写させてくれねぇか？」

「それはいいけど……引っ越しでもするのかい？」

「ああ。ちょっと事情があってな……学校は近くなるから、ここさえ乗り切ればかなり生活は楽になるんだけど」

「そうなんだ。じゃあしばらくは遊びに行かない方がいいね」

「悪いな」

「別にいいさ。それよりも、今は保健室に行って寝たほうがいいんじゃないかな。まだ眠そうだよ？」

「いや、今までずっと無欠席だったんだ。こんなところでその記録を終わらせたくない。だからここで寝る」

「何言ってるのさ。出席するなら寝られないよ？」

「え……？」

「ほら、三限目と四限目は家庭科の調理実習だから」

――完全に忘れていた。

　家庭科室へと移動した俺は、黒板に書かれたメニュー表に目を通す。

　ハンバーグにたまごスープ、それにサラダをつけるらしい。

　ライスもつけるため、だいぶ腹が膨れそうだ。

　参ったな、普通に弁当作ってきちゃったよ。

「欠席者は……いませんね。では今から六人一組になっていただきます。材料はそれぞれの台に揃《そろ》えてありますので、これから伝える手順に従って料理を作ってください。完成したグループから食べてしまっていいですからね」

家庭科の先生がそう指示を飛ばすと、適当に並んでいたクラスメイトたちはぞろぞろと動き出す。

六人組か……正直面倒くさいな。

「ねぇ凛太郎、僕と――」

「稲葉《いなば》くん！　私たちの班に入ってくれないかな……？」

「え……？」

隣にいた雪緒に、五人組の女子から声がかかる。

その中には、前々からどう見ても雪緒に惚《ほ》れているとしか思えない女子が一人交じっていた。

確か――そう、宮本《みやもと》だ。なるほど、他の四人は彼女の恋を応援したいらしい。

「で、でも……」

「行って来いよ。俺たち二人で集まっても、四人集める方が面倒くさいだろ？」

「ま、まあ確かに……でも久々に料理作ってる凛太郎見たかったな」

「また家に来た時に見せてやるから」

「うん……そうだね」

どこか落ち込んだ様子で、雪緒は女子五人のグループに交ざっていく。

女子から誘われて乗り気じゃない男子高校生なんて、このクラスじゃあいつくらいだ。

いや、俺もか。

（さてと……俺も交ぜてもらえそうなところを探すか）

雪緒たちのグループに背を向け、周囲を見回す。

女子だけで固まっているところ、男子だけで固まっているところ、その辺りのグループはもうすでに六人揃ってしまっている。

ただ焦る必要はない。このクラスは三十六人だから、必ずどこかのグループには入れるのだから。

「あ、志藤《しどう》！　まだ決まってないなら俺たちのグループに入らないか？」

「ん？」

声をかけられて振り返れば、まず眩《まぶ》しいくらいの爽やかフェイスが目に飛び込んできた。

柿原祐介《かきはらゆうすけ》、二年生の中では女子人気ナンバーワンと名高い正統派イケメン。

聞くところによると、この前モデルの事務所からスカウトを受けたらしい。

一年生の頃から同じクラスだった俺の印象としては、ただただ〝いい奴《やつ》〟。

いい奴過ぎて、逆に仲良くなることに抵抗を覚えるレベルだ。

こいつといると自分の醜い部分ばっかりが浮き彫りになる。

「柿原君か。俺でいいのか？」

「ああ、もちろんだ。ちょうど五人集まっててね。あと一人だったから」

「そうだったんだ。じゃあお言葉に甘えようかな」

「よかった！　こっちだよ」

柿原に連れられてたどり着いたテーブルには、すでに前もって集まっていた四人が腰かけていた。

「あと一人見つかったんだ！　よかったぁ」

優しい笑みを向けてきた黒髪ロングの女は、二《に》階堂梓《かいどうあずさ》。

この二年A組の委員長だ。

玲とは方向性の違う日本人らしい美人で、スポーツは苦手のようだが去年の定期考査で五位以下になっているところを見たことがないくらいには勉強ができる。

「お！　えっと……確かそう！　志藤くんだ！　ごめんねぇ、ウチまだ新しいクラスメイトの名前覚えきれてなくてさ」

二階堂の隣に座る茶髪のギャルは、野木《のぎ》ほのか。

校則が緩いからっていつも制服を着崩し、男子の視線を困らせている。

去年の定期考査の順位では名前を見ていないため勉強ができるという印象はないが、運動神経はいい。

体育の時間に周りをよく沸かせている姿を見る。

「まあ何にせよ、これで男女比もちょうどよくなったな！」

快活に笑う男は、堂本竜一《どうもとりゆうじ》。

二年生の中では一番ガタイがいい男で、柔道部。喧嘩《けんか》したくない男ナンバーワン。

ちなみに授業中は寝ている印象しかない。

聞くところによると、去年の定期考査はほとんど赤点すれすれだったらしい。

柿原、二階堂、野木、堂本。この四人は俺から見てもっとも上位のカーストに位置している連中だ。

よく四人でいるところを目にしているし、休日も仲良く遊んでいるらしい。

何故《なぜ》俺がここまで彼らに詳しいか――ストーカーと思うことなかれ、ここまでの情報はおそらく二年生の中では共通認識だ。

それだけ目立つ連中ということである。

美男美女の集団だしな。

そして俺よりも前にいた最後の一人――。

「り……志藤君、よろしく」

「……乙咲《おとさき》さん。うん、よろしくね」

乙咲玲。まあ、もう説明はいらないよな。

おそらくは柿原に声をかけられたのだろう。

暗黙の掟《おきて》として、下層カーストに位置する人間は上位カーストの人間に声をかけることができない。

必然的に、最上位に位置する玲を誘えるのは同じ最上位の彼らだけなのである。

もちろん明確な決まりがあるわけではなく、何となく声をかけづらいというだけなのだが。

「じゃあこの六人で頑張ろう。えっと……料理得意だよっていう人、いる？」

自然とリーダー役になってしまった柿原が、俺たちを見回して問いかける。

しかし手は上がらない。

俺はある程度料理の手際に自信があるが、ここで手を上げるつもりはなかった。

クラスメイトとの付き合いで大切なのは、ちょうどいい立ち位置。

自慢やひけらかしを嫌う奴がいる可能性も考え、この数テンポ後に『下手ではないと思うけど……得意かと言われると、ちょっとね』と返すつもりだ。

役立たずのレッテルを貼られるのも避けたい。

あと玲。『早く上げろよ』みたいな目でこっちを見るな。

「あ……私ハンバーグとか、それくらいなら作ったことあるよ。得意料理ってほどじゃないけど」

「さっすがアズりん！　この前手作りクッキー持ってきてくれたけど、すんごく美味《おい》しかったんだから！　ウチびっくりしちゃった！」

「お、大袈裟《おおげさ》だよ、ほのか」

「いやいや……あのクッキーには将来いいお嫁さんになる素質を見たね。ウチが言うんだから間違いない！」

「もう！」

これが女子のじゃれ合いか。ちょっとついて行けないノリだな。

楽しげに笑っているフリをしつつ、俺も恐る恐る手を上げる。

「俺も基本的なことはできる……と思う。知識ゼロってわけじゃないかな」

「ああ、助かるよ。俺も不得意ってわけじゃないけど、ほぼ手伝いしかしたことがないからさ。じゃあ梓と志藤に中心になってもらおうか。ほのかと竜二は……うん」

柿原の何とも言えない表情の目が、野木と堂本に向けられる。

「やめろし！　その最初から期待してない目！」

「そうだそうだ！　確かに俺らは食う専門だけど、初めから決めつけられると傷つくぞ！」

「俺らって何!?　ウチだって竜二よりはできる自信あるし！」

「嘘《うそ》つけ！　この前のバレンタインで髪の先端焦がしたってキレてたじゃねぇか！」

「あ、あれはたまたまだし！」

確かこの二人は一年生の頃から同じクラスだったはず。道理で仲がいいわけだ。

「二人は置いといて……乙咲さんはどうかな？」

「私？　私は料理なんてほとんど――――」

まずい。そう思った時には、俺は口を開いていた。

「そう言えば！　乙咲さんいつもお弁当は自作なんだって？　すごいなぁ！　毎朝大変でしょ？」

「あ……そ、そう。お弁当、作ってる」

「じゃあ料理できるんだね。謙遜しなくてもいいのに」

俺は玲《れい》の目を見つめ、〝ボロを出すな〟と念を送る。

さすがに何か感じ取ってくれたのか、彼女は俺にだけ分かるよう何度も頷《うなず》いた。

「で、でも……ハンバーグはそんなに自信ない、かも」

「そうか、それなら最初に言った通りに志藤と梓を中心にやってもらおうかな。乙咲さんはそれぞれの手伝いに入ってくれると嬉《うれ》しい」

「分かった」

その後、柿原の指示に従う形で俺たちはそれぞれの作業へと移る。

料理経験者の俺と二階堂がメインとなるハンバーグを担当し、玲と柿原がスープとライス。

火を扱わないサラダは、今のところ野木と堂本が担当するようだ。

とにかく俺と二階堂がハンバーグの下ごしらえを早めに終わらせ、周りが困っていたら助ける。

かなりいい塩梅《あんばい》の役割分担だ。

柿原自身に自覚があるかどうかは分からないが、かなりリーダー気質だと思う。

「すごい慣れてるね、志藤君」

「え？」

「玉ねぎの微塵《みじん》切りが上手だからさ、ちょっとびっくりしちゃった」

俺は自分の手元を見下ろす。

細かく刻まれた玉ねぎはすべて大きさが揃っているとは言えないが、よく見なければ分からない程度には不揃いではない。

もう何年も繰り返した動作だからか、無意識にここまでやってしまった。

「あ、ああ……食材の下ごしらえは個人的に好きなんだよ。だから練習とかしちゃったりしてさ」

「そうなんだ。私はいつまでも切るのが苦手で……ほら」

二階堂の手元を見てみれば、確かに綺麗《きれい》とは言えない玉ねぎの微塵切りがそこにあった。

別に下手というわけではないが——本人は少し気にしているらしい。

「気にしなくていいんじゃないかな？　ちゃんと小さくはなっているし、ハンバーグになってしまえば分からないよ」

「そうかなぁ……」

「料理なんて、飲食店でもない限りは味がよければそれでいいと思うんだ。味の良さも、自分とか、食べさせる相手が美味しいって感じればそれでいいってレベルで。それと好みに合わせて作るっていうのも、結構楽しいものだよ」

「……」

二階堂の方から包丁の音が聞こえなくなり、俺は気になって顔を上げる。

すると彼女は何故か俺の方を驚いた様子で見つめていた。

「ど、どうしたの？」

「あっ……その、志藤君ってそんな優しい顔するんだなって思って」

「え？」

普段から優男フェイスを心掛けているのだが。

「普段は何だか皆に合わせてるなーって感じるような顔なんだけど、今はすごく本音っぽかったっていうか」

「……そうかな？」

「あ、ご、ごめんね？　じろじろ見るようなことして」

「いや、別にそれはいいんだけど……」

委員長になったのは伊達《だて》ではないということか。

普段は目立たずちょうどいい距離感を保とうとしている俺のことを、確証はないにしても見抜いていた。

普段の俺を見抜かれたところで、別に俺は困りはしない。

素を見せたくないと思うのは、相手のことすらよく知らないのに自分を曝《さら》け出すことが恐ろしいからだ。

雪緒《ゆきお》のように信用し合える距離感にいると確信できたのなら、取り繕わず話すことだってやぶさかではない。

「でも手際がいいのは本当に憧れるなぁ……やっぱり〝お母さん〟に教わったりしたの？」

「っ……」

その時、指の先端に鋭い痛みが走った。

どうやら包丁で切ってしまったらしい。

そんな一つの事実を、俺はまるで他人事《ひとごと》かのように呆然《ぼうぜん》と眺めていた。

「大丈夫!?」

「……ああ、問題ないよ」

らしくないなと自分を心の中で笑う。

ここ数年で一度も犯さなかったミスを、まさかこんなところでしてしまうなんて。

少し呆然としていると、周りで作業をしていたグループの面々も何事かと近寄ってきた。

「志藤《しどう》？　どうしたんだ？」

「ごめん、柿原《かきはら》君。ちょっと指を切っちゃって」

「大丈夫か？　とりあえず保健室に行ってきなよ。こっちはやっておくからさ」

「……分かった。すぐ戻ってくるから」

教師に指を切ったことを伝え、俺は家庭科室を後にする。

去り際、感じる必要もないはずの罪悪感に表情を歪《ゆが》める二階堂《にかいどう》の視線を受け、俺は少し目を伏せた。

「――――これでよしっと。そこまで深くないから、消毒と絆創膏《ばんそうこう》で事足りるね。しばらく水仕事はおすすめしないかな。沁《し》みるし」

「分かりました。お騒がせしてすみません」

「これが仕事だからいいの。ほら、授業に戻っていいわよ」

保健の水橋《みずはし》先生に処置をしてもらった俺は、保健室から廊下へと出た。

絆創膏の貼られた指を見て、俺は顔をしかめる。

（まさか、聞いただけで取り乱すなんて思ってなかったな……）

二階堂は悪くない。これは俺のメンタルの問題だ。

嫌いな言葉を聞いただけでこんな様《ざま》になるなんて――割とショックである。

憂鬱な気持ちを抱えながら、家庭科室の扉を開けた。

そのまま柿原のグループへと合流しようとすると、彼らは大層心配した顔で俺を取り囲む。

「志藤、どうだった？」

「大したことはなかったよ。でも水仕事はやめとけって言われちゃった。これ以上の手伝いは……難しいかな。申し訳ない」

「そうか……ああ、でも気にしないでくれ。ハンバーグに関してはもう梓《あずさ》が焼ける状態まで進めたから、何とかなると思う。他の料理も多分……大丈夫だと思う」

柿原が不安げな様子で野木《のぎ》と堂本《どうもと》を見れば、彼らは二人揃《そろ》ってサムズアップをする。

それを見て益々《ますます》柿原が不安げな顔をすることから、今回に限りこの二人は本当に信頼されていないんだなぁと確信した。

うん――俺から見ても、何故《なぜ》か安心できない。

「ご、ごめんね、志藤君。さっきは包丁使っている時に話しかけちゃって」

「俺の不注意が原因だから、二階堂さんが謝る必要はないよ。それよりも一人で下ごしらえさせてしまってごめんね」

「ううん！　当然のことをしただけだよ」

ふと、二階堂から視線を外して玲を見る。

彼女はどことなく俺を心配している様子に見えたが、目の中に困惑の色がある。

今まで俺が失敗したところなど見たことがなかったから、きっと動揺しているのだろう。

一応、二階堂が作ってくれたハンバーグの種を確認してみる。

つなぎとしてパン粉や卵もちゃんと使われているようで、不自然な部分は見当たらない。

これで空気を抜いて焼けば、綺麗なハンバーグが出来上がるだろう。

「志藤、雑用を押し付けるみたいで申し訳ないんだけど、ゴミ捨てとか皿を並べたりするのは頼めないかな？」

「むしろそれくらいやらせてほしいよ。料理は手伝えないからさ……」

「分かった。じゃあ頼んだ」

気の利く男だ。俺が手伝わずに料理だけ食べることへ罪悪感を感じるだろうと予想し、仕事を割り振ってくれた。

他人の気持ちをここまで考えられると、酷《ひど》くモテるのも納得できる。

トラブルはありつつも、結局俺たちは全体を見て三番目に料理を作り終えた。

テーブルに並んだハンバーグ、たまごスープ、サラダ、そしてライス。

どれを見ても家庭料理として申し分ない品々である。

「いただきます」

声を揃えてそう宣言した俺たちは、皆目の前の料理に手をつける。

うん――美味《うま》い。

ハンバーグは火がしっかり通っているし、スープはほうっと気の抜ける優しい味がする。

サラダに関してはレタスがだいぶ不揃いだが……まあ、サラダだしな。別に気にならない。

「うめぇ！　特にハンバーグ！」

「マジで美味《おい》しい！　さすがはアズりん！」

堂本と野木に褒められた二階堂は、照れ臭そうに頭を掻《か》く。

「いや……でも半分は志藤君がやってくれたものだから……」

「あ、そうだよな！　お前もすげぇな！　尊敬するわ！」

何とも喧《やかま》しいが、堂本に褒められて嫌な気分ではない。

こいつはそもそも嘘《うそ》がつけない性格だろうし、お世辞じゃないことが分かるからなおさらだ。

「ドジって足を引っ張っちゃったけど、役に立てたならよかったよ」

ケガを負った左手で茶碗《ちゃわん》を持ち上げた時、痛みがじわりと広がった。
談笑に交ざることで表情に出すことを防ぎ、この空気を壊すまいと努力する。
彼らの話は常に高校生らしく、青春真っ盛りと言った感じだった。
部活のこと、好きな音楽のこと、テストのこと、別の友達のこと、そして——家族のこと。

痛いのは、指だけか？

笑顔の裏で、自分が自分に問いかける。

指だけだ。指だけのはずなんだ。

自分にそう返し、俺は笑みを深める。
ふと指を見れば、絆創膏に赤色がじわりと滲《にじ》んでいた。

その後何が起きたか、いまいち覚えていない。
午後の授業にも身が入らず、どういう内容だったか思い出せない。

ただしっかりノートだけは取っているところを見るに、普段から真面目を心掛けている自分を褒めたくなった。

「指、大丈夫？」

「ん？　ああ、大丈夫だ。あとで新しいのに変えるし」

いつも通り俺の家で飯を食った玲《れい》が、後ろから心配そうな視線を投げてきていた。

皿を洗えば確かに傷に水が沁みるが、血が止まっているおかげでそこまでの刺激ではない。

使った皿を洗い終えた俺がテーブルへと戻ると、玲はどういうわけだかソワソワし始めた。

スマホを見たり、部屋を見回したり。不自然に落ち着かない。

俺はその態度にすんなりと納得がいく。

「……俺に聞きたいことがあるんじゃないか？」

「……分かる？」

「そんだけソワソワしてりゃな。……調理実習の時のことだろ」

「うん。凛太郎《りんたろう》が指を切ったところなんて初めて見たから」

「別に、料理を始めた頃は週一で切ってたぞ？」

「今自分で言った。始めた頃って。今はまったくないってことでしょ？　だからちょっとだけ……不自然に感じた。二階堂さんと話してて、何か気に障ったのかと思って」

玲の言う通り、ここ最近――――二年以内で、俺は指を切るようなドジは一度も踏まなかった。

それは慣れてきたというのももちろんあるが、一番は常に集中することを意識していたからに他ならない。

それが乱れていたことを、彼女は感じ取ったのだ。

俺が思っていた以上に、玲は俺のことをよく見ていたらしい。

「別に、二階堂に腹が立ったとか、そんなことは一切ない。ただ俺のメンタルが思いの外弱かっただけだ」

食後のために淹れたコーヒーに口をつけ、息を吐く。

香ばしい匂《にお》いが鼻から抜け、揺れていた心が少しだけ落ち着きを取り戻す。

「……つまんねぇ話だけど、聞きたいか」

「うん。凛太郎のこと、もっと知りたい」

「物好きな奴《やつ》。……ま、ご希望にお応えしますか」

本当は茶化す余裕もない癖に……。

また俺の後ろ暗い部分が姿を見せそうになる。

それを必死に押し殺し、俺は口を開いた。

「何も難しい話じゃない。俺の親父《おやじ》は、周りの人間が口を揃えて言うくらいには仕事一筋の男だった。家に帰ってくることなんて年に数回あったかどうか。聞くところによれば、俺が生まれたその日ですら仕事を優先していたらしい」

「……」

「寂しかったけど、俺は別に辛《つら》くはなかったよ。――――母親さえいてくれればな」

また、ズキリと心の傷が痛む。

しかし目の前に話を聞いてくれる相手がいるだけで、幾分かそれはマシになっていた。

「小学五年生くらいの時だったか……学校から帰ってきた俺とすれ違うようにして、母親が出て行った」


ごめんね、自由になりたいの――――。


振り向きもせずにそう告げた母親の背中は、いまだに夢に見る。

〝行かないで〟。

それすら言えなかった俺は、そのまま母親だった人が出ていく様を呆然《ぼうぜん》と眺めていた。

「結局は、俺の世話に疲れたってことらしい。あと家のことをすべて任せっきりにする親父にも愛想が尽きたってところかな。……それ以来、母親ってものにちょっとしたアレルギーがあるんだよ。だから二階堂《にかいどう》に〝料理は母親に教わったのか〟って聞かれた時に、思わず動揺しちまった。それだけの話だ」

「そう、なんだ……」

「やっぱりつまらねぇ話だったろ？……コーヒーが冷めちまったな。淹れなおしてくる」

彼女と自分のカップを手に持ち、俺はソファーから立ち上がる。

その時、どういうわけだか玲が俺の腕を摑《つか》み、ソファーに座り直させられた。

彼女は困惑する俺の腕を抱き込むようにして引き寄せる。

「私は、どこにも行かないから」

「……何言ってんだよ」

「どっか行けって言われても、離れない。凛太郎に寂しい思いはさせない」

「幼稚園児かよ、俺は」

呆《あき》れるように言った俺とは反対に、玲は酷く真剣な顔で俺を見つめていた。

どうやら本気で言っているらしい。

何故、こいつはここまで俺のことで真剣になれるのだろう。

もはや世話役とその雇い主以上の感情を向けられている気がしてならないのだが、これは気のせいだろうか？

しかし、今はともかく――――。

「ありがとう、玲。ちょっとは持ち直した」

「そう。ならよかった」

安心したように、玲は微笑《ほほえ》む。

冷静さを取り戻した俺は、今更ながら彼女との距離があまりにも近いことに気づいた。

ふにゃりと柔らかい感覚が、腕に当たっている。

そりゃそうだ。だって腕を抱え込まれているんだもの。仕方がない。

仕方がないのだが。

「……玲、そろそろ離れないか？」

「私はどこにも行かないって伝えたはず」

「密着する必要はないだろうが！　こっちだって健全な男子高校生として生きているんでございますでしょうが！」

「変な敬語、面白い。でも確かに暑苦しいのは嫌」

俺の乱れた口調から必死さを汲《く》み取ってくれたのか、玲はそっと腕を離してくれた。

危ねぇ危ねぇ。今までの流れとまったく関係なしに心臓が破裂するところだったぜ。

「そうだ。ついでだから話すけど、俺が専業主夫を目指しているって話はこの前したよな」

「うん。聞いた」

「あれは母親が出て行った件で芽生えた夢なんだ。母親のことは好きになれねぇが、俺たちをおざなりにしていた親父のことも好きになれねぇ。親父みたいな人生はまっぴらごめんだ！って考えた結果、対極に位置する存在になってやろうって思ったんだよ」

何となく、自分のことを話しておきたい気分だった。

ダラダラと話す俺の言葉を、玲は黙って聞いてくれる。

この時間が、俺の心を落ち着かせてくれた。

「お前はどんな夢でもそこに向かって努力する人を尊敬するって言っていたが……それを目指す動機がこんなくだらないもので悪かったな」

「夢を持つきっかけなんて、何でもいい。結局は夢を叶《かな》えるまでその人の支えになるかどうか。凛太郎がその経験で夢に向かって走れるなら、それでいいと思う」

「……もっともらしいこと言いやがって。言い返す余地もねぇ」

そう言えば、と。

ふと一つの疑問が俺の頭に浮かぶ。

「アイドルは小さい頃からの夢って言ってたけど……そうなったきっかけみたいなのってあるのか？」

「きっかけ？」

「ああ、これがあったからアイドルになりたいって思った……みたいなさ」

「きっかけは……その小さい頃に、私を笑顔にしてくれた男の子」

「笑顔にしてくれた？」

「うん。今でもずっと憧れの人。その人に憧れて、私も誰かを笑顔にしたいと思った。それと同じ時期にテレビでたくさんの人の前で歌うアイドルの人たちを見て、強く惹《ひ》かれたの」

「へぇ……何か、結果的にその夢を叶えたって思うと、やっぱりお前も超人だな」

「そう？」

「小さい頃の夢なんて、とっくに諦めちまってる奴ばっかりだからな」

――俺も含めて。

どんな夢を持っていたかすら、今となってはおぼろげだ。

「夢ってすごい。多少辛いことがあっても、前を向けるから」

「……急にアイドルっぽいこと言いやがって」

「たまにはそれらしいところも見せないと」

「その言葉、絶対表で言うなよ？」

彼女のボケ――いや、本人的にはボケたつもりはないかもしれないが、俺は不覚にも噴き出すように笑ってしまった。

身内の優月先生以外でこんな風に笑えるのは、雪緒《ゆきお》といる時くらいだろうか。

俺も知らず知らずのうちに、玲に心を開いていたのかもしれない。
今日からはもう、辛い夢は見なくなるような気がした。

第五章 引っ越しパーティー

　引っ越しが終わった。

　梅雨がちょうど始まった辺りの引っ越しだったが故に雨で少し苦労したものの、家具たちも業者の方々のおかげで破損もなく綺麗《きれい》なまま新居へと運び込まれている。

「ふーん……マジでいいところに引っ越したね、凛太郎《りんたろう》」

　そう言って部屋を見回しているのは、俺をバイトとして雇ってくれている優月《ゆづき》一三子《ひみこ》先生だ。

　彼女が前の家の家賃を負担してくれていた以上、引っ越しの件を伝えないわけにはいかなかった。

　そして何故《なぜ》引っ越すことになったか、その経緯もすでに伝えてある。

「それにしても、本当にアイドルにお金を出してもらっているなんてねぇ……凛太郎の高校に在学してるって話は知ってたけど、接点なんてないと思ってたよ。――――生で見ると……やっぱりめちゃくちゃ美人ねぇ」

「恐縮です、優月先生」

俺の隣に立っていた玲《れい》が、優月先生に向けて頭を下げる。

今日は俺の〝雇い主〟同士の顔合わせの日だった。

優月一三子先生の下でバイトをしていることを玲に伝えたところ、挨拶しておきたいと言い出したのである。

俺との関係を外部に漏らすリスクというのはもちろんどこにでも発生するが、優月先生もある意味有名人。

そこに親戚としての信頼も加わって、俺たちの事情をすべて話すことになった。

これは余談だが、玲は優月一三子の作品のファンだったらしく、顔合わせについては彼女に押し切られて決まった話である。

「でも、乙咲《おとさき》さんはいい男に目を付けたと思うよ。凛太郎はたまに口が悪いけど、根っからの気配り上手だし家事は完璧だし、顔も別に悪くない。小学校の頃なんてモテモテだったんだから」

「……優月先生、その話はちょっとキツイっす」

持ち上げられれば持ち上げられるほど困ってしまう俺は、苦笑いを浮かべてしまう。

照れ臭さはもちろんあるのだが――――うん、むず痒《がゆ》い。

「小学校の頃……モテてたの？」

「お前もそこを突っ込むなよ。小学生なんて運動ができたら大体モテてただろ」

小学校の頃、比較的運動ができた俺は確かに女子と仲良くなる機会が多かった。

しかし中学校に入って運動神経が平凡に収まり始めれば、その他大勢の男子に仲間入り。

母親が出て行った経験のせいで必要以上に女子と仲良くしたいとも思えず、結局この歳《とし》まで恋人はできたことがない。

「ふっふっふ……気になるかい、乙咲さん。凛太郎の女の子事情をさ！」

「っ！　気になります」

「よし！　いいだろう！　ならば幼稚園に入園した時の話から――――」

……アホらしい。

俺は盛り上がり始めた二人をガン無視して、キッチンにコーヒーを淹《い》れにいく。

キッチンも前の家と比べてだいぶ大きくなった。

まずコンロが二口から三口に増えた時点で、最高と言わざるを得ない。

電子レンジ、炊飯器、オーブンはこの機会にいい物に買い替えた。包丁やフライパンなど手に馴染《なじ》んでいる物はそのまま残し、家電系は新しくした、と言った感じである。

「ほら、コーヒー」

「……女泣かせの凛太郎」

「玲、何を吹き込まれたのかは知らねぇけど、多分優月先生が言ってることはほとんど嘘《うそ》だぞ」

だって女を泣かせた覚えなどないもの。

「嘘じゃないよ！　だって私が漫画家になることを周りに反対されている時に、凛太郎だけはずっと応援してくれたんだから！『ひみこ姉ちゃんなら絶対漫画家になれるよ！』って！　それで泣いちゃったんだからね、私が！」

「あんたの話かよ……」

確かにそんなこともあったような気がする。

当時小学二年生だった俺が、女子高生だった優月先生を励ましたんだ。

今思えば何を根拠に言ってるんだかという話だが、優月先生の絵が好きだった俺は勢いだけで背中を押したんだと思う。

あの時の俺がいたから優月先生が漫画家になったのであれば、それは少しだけ誇らしい。

「ふぅ……でも、凛太郎がバイトを辞めないでくれて本当によかったよ。仕事もできるし、毎回苦しい時に差し入れを持ってきてくれるし、欲しいって思った時にこうしてコーヒーも淹れてくれるし、割と手放せない存在になってたんだから」

「そんな大袈裟《おおげさ》な……」

「大袈裟じゃないって！　アシスタントの皆も同じようなこと言ってるし。乙咲さんに独り占めはさせないんだからね」

そう告げて、優月先生は牽制《けんせい》するような目で玲を見た。

そしてそのまま俺の方へと視線を移す。

「凛太郎、もう大丈夫なのね？」

「……ああ、もう大丈夫だよ。ひみこ姉ちゃん」

「うん。ならよし」

彼女の問いかけには、様々な意味が込められていた。

親戚が故に当然なのだが、優月先生は俺の家庭の事情をよく知っている。

だからこそ俺が明るく返したことで、少しは安心してくれたようだ。

「そんじゃ乙咲さん、凛太郎のことよろしくね。ま、あんまり心配はしてないんだけど。よくできた従弟《いとこ》だしね」

「はい、心得ました。……あの、優月先生」

「ん？　なーに？」

「最後にサインを……いただけないでしょうか」

玲は緊張した面持ちで、色紙とペンを取り出す。

本当に心の底からファンなのだろう。いつになくソワソワしている。

「え、まあ私のでよければいくらでもあげるけど……あ！　そうだ！　じゃあ乙咲さんのサインもちょうだいよ。それと交換ならいいよ」

「っ！　嬉《うれ》しいです……！」

俺の目の前で、希代の大スターと超売れっ子漫画家のサイン交換が行われている。

慣れ親しみすぎてたまに忘れてしまうが、この二人は一般人として生きる人間ならばお近づきになりたくてなれる存在ではない。

自分がどれだけ幸運な存在なのか、何故かこんな場面で思い知ることになった。

「ふふふ、職場に飾っちゃおっと。じゃあ凛太郎、乙咲さん。またね」

「忙しい中来てくれてありがとうございます。そんじゃ、またバイトの時に」

「うむ。頼りにしてるんだからね？　我が愛《いと》しの従弟よ」

絶妙に可愛《かわい》くないウィンクを残し、優月先生は俺の部屋を後にする。

残ったのは部屋の主《あるじ》である俺と、彼女のサインを大事そうに抱える玲だけだった。

「マジで好きなんだな、優月先生の作品」

「うん。少年漫画なんだけど心情描写がすごく綺麗に描かれていて、熱いところもありながらすごく繊細で……移動時間とか、休憩中によく読んでる。紙でも電子でも買った」

「……そっか」

俺はあくまで手伝いで、話を考えているわけでもないしキャラクターを作ったわけでもないが、優月先生の作品が褒められると何故か自分のことのように嬉しい。

親元を離れた俺にとって、あの人は雇い主でありながら姉のような存在なのだ。

だらしないところばかり目に映るのは決して俺の気のせいではないが、尊敬できる相手であることは間違いない。

「でも玲も少年漫画とか読むんだな。ぶっちゃけあんまりイメージがなかったっていうか」

「少年漫画に限らず、漫画自体が好き。人の心を動かす物だから。そういう部分は音楽や踊りと変わらない物だって思ってる。創作物を見てから曲のイメージが浮かぶこともあるし」

「へぇ、そういうもんなのか……」

言われてみれば、優月先生も暇さえあれば色んな作品を読んでいる。

これは研究よ！ってよく言っていた。

だから俺にも流行《はや》り物だけでも押さえておけって言うのかもしれない。

「凛太郎はあんまり漫画読まない？」

「読むけど……本当に流行り物だけだな。金にちょっとでも余裕ができた時は貯金に回してたし」

「ならあとで私のおススメを貸したい。きっといくつか気に入る作品があると思う」

「そいつはありがたいな。じゃあ気に入ったら自分でも買ってみるわ」

――――そうこうしているうちに、時刻は夕方に差し掛かっていた。

とは言え夏が近い今の季節はまだ日がずいぶんと高いのだが、夕飯時が近づいていることには変わりない。

「そろそろ準備すっか」

「何か手伝う？」

「いや、悪いけど今回の料理に関しては俺に一任してくれ。前の家よりも広いキッチンだから、正直テンション上がってるんだ」

「そういうことなら、分かった。全部任せる」

「おう、任せろ」

俺はソファーにかけていたエプロンを着け、キッチンへと向かう。

今日はミルフィーユスターズの三人が企画した引っ越しパーティーの日。

当初は出前を取る予定だったらしいが、俺が引っ越しに加わったことで料理を担当することになった。

この日のためにたくさんの材料を揃《そろ》えてある。

新居のキッチンの初陣に、俺は柄にもなく心を躍らせていた。

まな板の上に置いた食材に、包丁を通す。

調子に乗って、今日は肉も魚介類も買ってきてしまった。

いつもはあまり使わないような野菜も揃え、スーパーの店員から見ればご馳走《ちそう》を作る気満々であったことはバレていただろう。

鼻歌なんかも歌いつつ、鮭《さけ》の切り身とホタテ、細く切った人参《にんじん》や玉ねぎ、そしてしめじをアルミホイルの上に乗せて、そこにさらにバターを乗せて醬油《しょうゆ》をかける。最後にアルミホイルで包むようにしたら、そのままオーブンに入れた。

次に、フライパンの上で魚介類と微塵《みじん》切りにした玉ねぎやニンニクなどの野菜を炒《いた》める。

魚介の一種であるイカにほんのり焦げ目がつき、玉ねぎが透き通り始めたら、潰したトマトを入れて水分を飛ばすようなイメージで煮詰める。

そしてエビやあさりを加え、水、塩、サフランを加えてスープを作った。

魚介類の旨味《うまみ》が染み出し始めた頃、大きめの魚介を一旦取り除き、炊いていない米をスープに浸す。

これで汁気がなくなれば、パエリアの出来上がりだ。

パエリアが出来上がるまでの時間で、レタスを中心にしたサラダを盛る。

そして優月《ゆづき》先生が来る前から漬けていたスペアリブを、別のコンロで焼き始めた。漬け汁を少し水で伸ばし、最後は軽く煮た後で皿に盛り付ける。

これで四品。

あと一つスープを作ろうと思い、ベーコンと玉ねぎを一口サイズに切って煮立て、コンソメの素《もと》を入れた。

これでコンソメスープは完成。簡単だ。

今回の料理に関してはかなり手応えがある。

少し作り過ぎた気がしないでもないが、玲《れい》の胃袋があればある程度はカバーしてくれるはずだ。

「ん、今少し失礼なこと考えた？」

「ははっ、何言ってんだよ玲。そんなわけないだろ？」

「ん……そう？」

何だよあいつ。エスパーかよ。

俺はしれっとした態度で料理を仕上げていく。

パエリアにレモンなどを添えたり、スープとスペアリブは塩胡椒《しおこしょう》で味を調える。

ホイル焼きの熱の通り具合を確かめ、鮭の身がホロホロとほぐれることを確認して皿に乗せた。

「よし……まあこんなもんだろ」

味見も終えて、これ以上手の入れようがないことも確認した。

そして丁度そのタイミングで、インターホンが鳴る。

あの二人が来たようだ。

「玲、入れてやってくれ」

「分かった」

玲に二人の対応を任せ、俺は出来上がった料理をソファーの前のテーブルに並べていく。

取り皿も四人分用意し、飲み物を飲むためのグラスも置いた。

我ながらいい仕事をしたものだと、達成感がこみ上げてくる。

思わずガッツポーズをしそうになったところで、玄関の方からスリッパの音が聞こえてきた。

「りんたろー、来たわよー」

「お邪魔するね」

リビングに現れたカノンとミアを見て、思わず息を呑《の》む。

カノンは肩の出ているTシャツに、ダメージジーンズを穿《は》いていた。

普段は結んでいる髪を今は下ろしており、どことなく大人びて見える。

ミアはノースリーブの上から薄手のパーカーを羽織り、ホットパンツを穿いていた。

そのせいでほどよく肉のついた太ももが付け根近くまで見えており、若干視線に困る。

初めて玲の私服を見た時や、レッスン着を見た時と同じような衝撃。

そう言えば、アイドルの普段着を見る機会なんてまずないはずだよな。

「何よ、じろじろ見ちゃって。もしかして私服のあたしにときめいちゃった？」

「今さっきまでな」

「え⁉　何で⁉　何で今はときめいてないのよ⁉」

そういうとこだぞ――という言葉は、今は飲み込んだ。

言ってもどうせ直らん。

「美味《おい》しそうな匂いがするね。テーブルの上の料理は全部君が作ってくれたのかい？」

「ああ。新しいキッチンについはしゃいじまってな。ちょっと作り過ぎたかもしれん」

「作り過ぎる分には問題ないよ。今日はオフだからレッスンはなかったけど、普段の運動量には自信があるからね。そこら辺の運動部以上には食べられる自信があるよ」

「それなら問題ねぇな。じゃ、手を洗ってソファーについてくれ。飯が冷めきらないうちにな」

玲も含め、彼女らは手を洗った後にソファーに座る。

俺は勉強机のために置いていた椅子を対面に置き、そこに座った。

「あんたが作ってくれるって言うから、適当に摘《つ》まめるようなお菓子を持ってきたわ。ほら、駅前で人気のマカロン」

そう言って、カノンは可愛らしい包装がされた紙袋をテーブルに置く。

少なくとも俺の視点では、マカロンは適当に摘まめるお菓子ではない。

そこはスナック菓子とか、チョコレートとかじゃないのか。

「ボクも似たような物かな。シュークリームの詰め合わせを持ってきたよ。これに関してはまだ冷やしておいてもらえると助かるかな」

これまたおしゃれな箱が目の前に置かれた。

どいつもこいつも高そうな物を買ってきやがって……これを適当に摘まめる物と言うところが、庶民としては考えられない。

「私は飲み物を用意した。和歌山県のミカン100%ジュース」

俺の部屋の冷蔵庫に入れていた二本のミカンジュースを持ってきた玲は、それを二人が持ってきた物と同じようにテーブルの上に並べる。

ちなみにさっきこのジュースの値段を調べてみたのだが、想像以上に高級だった。

「じゃあせっかくのパーティーなんだし、レイの飲み物で乾杯しようか。ボクが注ぐよ」

俺たちのグラスに均等になるように、ミアがジュースを注ぐ。

それぞれのグラスを持った俺たちは、中心でそのふちを合わせた。

「乾杯」

「かんぱーい！」

「ん、乾杯」

「……乾杯」

ガラスの鳴る音が部屋に響く。

ミカンジュースは想像以上に濃厚で、今まで俺が飲んできた物は何だったのかと思わされるほどの甘酸っぱさがあった。

「……っていうかさ、このパエリアもりんたろーが作ったわけ？」

「あ？　まあそうだけど」

「すっっっごい負けた気分なんですけど」

「カノンは料理しないのかよ」

「できなくはないわよ？　うちは弟も妹もいるから、親の手伝いで簡単な物なら作ってたの。アイドルになってからは忙しくて一回も作ってないけどね」

「作れるならいいじゃねぇか」

「こんな飲食店で出てくるようなクオリティには仕上げられないわよ！　ほんっとに美味しい！」

「ありがとよ。そう言ってくれると作った甲斐《かい》があったわ」

相変わらず素直な感想をありがたく頂戴し、俺も改めて自分の料理に口をつける。

うん、マジで自分を褒《たた》め称えたいくらいには美味《うま》い。

パエリアは魚介の旨味がよく米に染みているし、鮭のホイル焼きは一切れ食べれば箸が止まらなくなる。

スペアリブは口に入れればほろりとほどけ、溶けるようにして消えた。

「うん……これはもうレイに嫉妬せざるを得ないね。毎日りんたろーくんのご飯が食べられるわけでしょ？」

「うん。そういう契約」

「羨ましいなぁ。ボクにも少し貸してくれないかい？」

「駄目。凛太郎《りんたろう》は私のもの」

「ケチ」

「ケチじゃない」

こいつらはこいつらで何の話をしているんだ――。

っていうか、俺は玲のものになった覚えもない。

「……ま、今は諦めるよ。でもその前にりんたろーくんにも意見を聞いておきたいなぁ。

どう？　レイのところばかりじゃなくて、ボクのところにも来てみないかい？」

「悪いけど、あんたのところは願い下げだね。玲よりも嫌な予感がする」

「えー、別に何もしないけどなー」

「そう言うならそのニヤニヤした顔をやめろ……」

明らかに何か企《たくら》んでいる様子を見せられれば、嫌でも警戒する。

ミアのことは別に嫌いなわけではないが、玲と違って心理が読み取りにくいから苦手だ。

こう、上手《うま》くは言えないが――こいつと関わるとろくな目に遭わない気がする。

「でもさ、どうせ同じ場所に帰ってくるならご飯も別れて食べる必要なくない？　りんたろーが作った物とかそうじゃないとかは別にしてさ」

「……それは確かに」

カノンの言葉に、玲が頷《うなず》く。

確かに言っていることは間違っていない。

せっかく同じフロアに住んでいるのに、共に帰ってきて別々の部屋に入り、一人で飯を食べるってのは少々味気ないようにも思える。

これが赤の他人ならばともかく、彼女らはプライベートでも仲のいい三人組なのだから。

「まあ二人分増える程度なら別に辛《つら》くもならねぇけどな。ただ俺は玲に飯を作る代わりに金を出してもらっている身だから、無条件であんたらの分も用意したらそいつは不公平になっちまう」

「ま、そうよね……」

作る量が増えたとて、面倒くさくなるのは洗う皿の量が増えることくらいだ。

むしろ作り過ぎを心配しなくて済むのはありがたい。

ただ、玲は俺の仕事に家賃や光熱費、材料費を含めた計十五万ほどの値段をつけてくれている。

同じだけの対価もなしに他人に振舞うことだけは、ちょっと避けたい。

もちろん今日のようにたまに振舞う程度なら何の抵抗もないのだが――――。

「あたしにはりんたろーの意見はごもっともだと思うけど、ミアはどう思う？」

「……うん。ボクもりんたろーくんの意見は正しいと思う。その上で一つ提案があるんだけど、ボクやカノンがりんたろーくんのご飯を食べたい時は、材料を買って持ってくるっていうのはどうかな？」

この提案に関しては割と悪くないと思うのだが――。

俺は横目で玲に視線を送る。

「うん、それならいい。私は凛太郎のご飯が食べられればそれでいいから」

「じゃありんたろーくんはどうかな？」

俺は特に考えもせずに、一つ頷いた。

「玲がいいって言うなら俺の手間はそんなに変わらないし、問題はねぇよ。好きな食材を買ってくりゃいいさ」

「寛容だね、二人とも。ありがとう。なら定期的にお願いしようかな」

何だかんだ言って、ミアもカノンも毎日押しかけてくるようなことはしないだろう。

職業柄かどうかは分からないが、節度や礼儀というものをよく弁《わきま》えている。

それと、この中でもっとも達観しているのが実は一番見た目的には幼いカノンっていうところがまた面白い。

口ぶりからして妹弟が多いからかもしれないな。

「それにしても、ライブまであと一ヵ月かぁ。結構あっという間だったわね」

「一ヵ月後ってことは……七月の頭か」

「あんまり暑くなってないといいんだけど。汗でメイクが流れるかもしれないのが面倒くさいのよね」

「前のライブは年始だったか？」

「え、よく知ってるわね……初めて会った時はまったく興味なさそうだったのに」

「さすがに間近でレッスン風景を見せてもらったら、嫌でも興味が湧く。本当にいい経験をさせてもらったんだなって、改めて実感したよ」

ミルスタは、一年間で大きなライブを三回ほど開く。

時期は夏、秋、冬がメインで、季節に合わせた新曲などが毎回披露される――らしい。

会場は毎回超満員。チケットの抽選は凄《すさ》まじい倍率で、一般発売も即完売だそうだ。

以前カノンが言っていたように、それが犯罪であると知ってか知らずか、高額で取引される転売チケットを購入する輩《やから》も消えていないらしい。

「凛太郎、次のライブ見に来てくれる？」

「確か、二周年の記念ライブだよな？　行ってみたい気持ちはあるが、正直チケットの抽選に当たる自信はねぇぞ？」

「大丈夫。関係者用のチケットがある」

「え……いいのかよ、そんなのもらって」

「凛太郎はもう関係者。私がそう言えば何の問題もない」

確かに関係者と言えば関係者だが。

「基本的にボクらが個人的に招待できる枠には限りがあるんだけど、有名になったとは言えデビューしてまだ二年程度のボクらにはその枠を使い切るだけの芸能界の知り合いもいないからね。毎回少し余らせてしまうんだよ」

「なら親とか、学校の友達を呼べばいいんじゃないか？」

「もちろん親の都合がつけば呼びはするけど、学校の人を呼ぶとボクがその人を贔屓《ひいき》しているみたいになるだろう？　そう認識されると角《かど》が立つんだよ」

「あー……何となく分かる気がするわ」

学校の友人を全員呼べるほどの枠はないのだろう。

特定の個人を招待して周りからの反感や嫉妬を買うくらいならば、誰も呼ばない方がいいというのは納得の考えだ。

「あたしもミアと状況はほとんど変わらないわ。下心丸出しで近づいてきた若手俳優の知り合いくらいならいるけど、下手に呼んで勘違いされても困るしね」

「……へー」

「な、何よその反応!?」

「いや、お前にも言い寄ってくる男がいるんだなーって思って」

「失礼じゃない!?　こんなに可愛《かわい》いんだから男が近寄ってこない方がおかしいのよ!?」

そう言ってカノンは俺の前に立つ。

確かに可愛らしさだけで言えば、ミルスタの中でも一番だと思う。

玲《れい》もミアも、区分するのであれば可愛いよりも綺麗《きれい》系だ。

しかしその可愛らしさも、あまりにも顔が必死すぎて全部台無しになっている。

「カノンは黙っていれば可愛い」

「はぁ!?　どういうことよ、レイ！　喋《しゃべ》っても圧倒的に可愛いでしょうが！」

「……うーん」

「〝うーん〟じゃないわよ！　あんたらに認められなかったらあたしは何を信じればいいわけ!?」

むきー、という効果音がよく似合う女だ。

つくづくいじり甲斐がある。

「……あ、そう言えば四人で見たい映画があった」

突然そう言いだした玲は、自分の鞄《かばん》から一枚のＤＶＤを取り出した。

どうやらこのご時世にわざわざレンタルしてきたらしい。

「……〝呪怨の貞子《さだこ》さん〟？　レイ、これは何だい？」

「ホラー映画」

「いや、それはボクにも分かるんだけど……」

ミアの言いたいことは分かる。

この何とも言えないB級映画感。本当にそれ以上上手い言葉が見つからない。

俺とカノンとミアはこの絶妙な空気を感じ取り、お互いに顔を見合わせる。

「前に映像配信サイトで名前を見てずっと気になっていた。ホラーは苦手だから、できれば皆で見たい」

「ま、まあ……仲間内でご飯を摘《つ》まみながら見るなら楽しい……かもしれないわね？」

相当言葉を選びながら、カノンは玲に同意する。

確かに友達で集まってアニメや映画を見るのは、一人で見る時とまた違った良さがあるとは思う。

それに玲がわざわざ借りてきたものを、〝面白くなさそうだから〟と突っぱねるのは気が引けた。

「りんたろーくん、腹は括《くく》れそうかい？」

「……何か片手で摘まめるような料理を作ってこようか、俺」

「駄目だよ。一人でも離れたら玲が怖がってしまうからね」

笑顔で俺の腕を摑《つか》むミア。

こうして逃げ道も塞がれた。

俺は諦めて、玲の方へ体を向ける。

「よし、四人で見るか」

「皆、ありがとう。じゃあ――――」

玲は俺の部屋のテレビの下に設置されたゲーム機に、ＤＶＤを入れた。

ゲーム機ながらＤＶＤの再生まで幅広くこなすこいつは、おそらく眠気との闘いになるであろう二時間ほどの映像を、テレビ画面一杯に流し始める。

それから再生と共に照明を落として一時間ほど。

基本的にほの暗い映像が流れている画面を、俺はほぼ無心で見続けていた。

映画の内容としては、呪われた家に入った人間を、黒髪の女の幽霊がテレビの中に引きずり込もうとする話だった。

明らかな元ネタがあるくせに、内容にはリスペクトの欠片《かけら》も感じないこのクソ映画感……好きな人は好きなんじゃないだろうか？　俺は好きじゃないけど。

「「すぅ……すぅ……」」

「……」

ふとソファーの上を見てみれば、玲とカノンが規則正しい寝息を立てていた。

カノンは許そう。巻き込まれた側だからな。

しかし玲、お前はダメだろ。

何で見たいと言い出したお前が寝てるんだよ。

「……はぁ」

もう言い出しっぺが寝てしまっているのだから、再生を止めたらいいと皆は思うだろう。

何故《なぜ》それをしないかと言えば――――。

「り、りんたろーくん……は、離れないで……」

「……ああ、分かってるよ」

隣でミアが俺に縋《すが》っているからだ。

席から動こうとすると、彼女が俺の腕を引っ張ってその場から立てないようにしてくる。

デジャヴというか何というか。

ほぼ抱え込まれているような形であるせいで、今度はミアの胸の感触が肘の辺りを通して伝わってきていた。

玲よりも日本人らしい体型の彼女だが、玲が規格外なだけで十分な大きさをお持ちになられている。

柔らかさよりも張りといった感じだ。

故に俺は無心を貫いている。

俺だってこの歳《とし》で犯罪者にはなりたくない。

「お前、意外とホラー駄目なんだな」

「い……今まであんまりこういうのを見てこなかったんだよ……」

なるほど、ホラー耐性がそもそもないのか。

むしろこの程度の作品でよかったと言えるのかもしれない。

これがホラー映画好きに大絶賛されている作品なら、きっとミアは気絶している。

「りんたろーくんは大丈夫なのかい……？」

「ん？　ああ、俺はこういうの見慣れてるからなぁ」

実は俺の大親友、稲葉《いなば》雪緒《ゆきお》の趣味にB級映画鑑賞というものがある。

レンタルショップにしかないような作品を借りてきては、俺と一緒によく鑑賞会を開いていた。

見終わった後に聞いてもいない感想をペラペラと語るのだが――――ぶっちゃけると、いつも右から左へ聞き流している。

というか雪緒もそれには気づいているのだが、とにかく語りたくてたまらないらしい。

「あと一時間の辛抱だ。頑張れ」

「う、うん……」

腕を締め付ける力が強くなる。

そうなると必然的に肘辺りの感触が強くなってしまうのだが、そこは鋼の精神力で耐え抜くことにした。

俺とミアの、ある意味辛《つら》い一時間が始まる――。

◇◆◇

「ふー……まさか最後に井戸の中に手榴弾《しゆりゆうだん》を落として根源から消し飛ばすとは思わなかったよ。意外と面白かったね」

「……そうだな」

一時間という時間は思ったよりも短いもので。

気づけば画面にはエンドロールが流れていた。

これまた意外なことに、ミアはずいぶんとこの作品を気に入ったらしい。

きっと雪緒といい酒が飲めることだろう。まだ未成年だけど。

ちなみに俺はと言うと、ほぼほぼ真っ白に燃え尽きていた。

自分の理性とは対極に存在する性欲という名の悪魔に何度も襲われそうになり、その度に心頭滅却を心掛け、ようやく勝利したのだ。

自分との闘いというものが、ようやく理解できた気がする。

「他の二人は……まだ寝てんな。はぁ、気持ちよさそうにしやがって」

「こんなに安らかな寝顔を見ると、何だかいたずらしたくなっちゃうね」

「確かにな……ま、今回はパーティーってことだし、勘弁してやるか」

定番どころで額に肉って書く落書きくらいしてやろうかと思ったが、アイドルの顔にそれをやるのは背徳感が凄《すさ》まじいため控えておくことにした。

時刻を見れば、すでに夜中を回りそうないい時間になっている。

そろそろ起こしてやらないと体も痛くなるだろうと思い、俺は寝息を立てる二人に声をかけようとした。


「――――まだ、起こさなくていいんじゃない？」


それを止めたのは、俺の隣にいたミアだった。

「何でだよ。こんなところで寝かせておくわけにもいかないだろ？」

「じゃあ君のベッドに運んで、しばらく寝させてあげようよ。ボクは君とまだ話していたいな。……二人っきりで」

ミアは細めた目で俺を見る。

それがまるで獲物を見つけた猫のようで、俺は強烈な嫌な予感に襲われた。

しかし、俺自身こいつのことをよく知っておかなければならない気がする。

この部屋で過ごす以上、彼女を避け続けることなどできないのだから。

「……分かった。少し話すか」

「そうこないと」

俺はため息を吐《つ》きながら、玲とカノンを寝室のベッドまで運ぶ。

寝心地をよくするために少し大きめのベッドを使っていたのが功を奏した。

女性二人を寝かせてても、まだ少しだけ余裕がある。

体が冷えすぎないようにタオルケットをかけ、俺はリビングへと戻った。

「そんなに警戒しなくても、ボクは君に仇《あだ》を成すようなことはしないよ」

「どうかな。それを決めるのは俺だ」

「ああ、そうかもね。でも本当に、ボクは君に悪意を持って接したいわけじゃないんだよ？」

ミアと目を合わせる。

その目は驚くほどに真《ま》っ直《す》ぐで、俺は一瞬言葉に詰まった。

「……分かったよ。疑うような接し方をして悪かった。――――で、何か話したいことがあるんじゃないのか？」

「実は君にお礼が言いたくてね」

「お礼？」

「うん。レイと一緒にいてくれて、ありがとうって」

首を傾《かし》げた。

俺が困惑していることに気づいたのか、ミアは補足するように言葉を続ける。

「レイはね、元々すごくストイックな性格なんだ。アイドルという仕事のために自分を徹底的に追い込むタイプというか」

「……ああ、それは分かる気がする」

「でしょ？　でも君とこういう関係になってからはまだマシな方なんだ。りんたろーくんは、レイからオンオフの切り替えについて聞いたことはある？」

「少しだけな。お前たちといる時と、俺の家にいる時だけはオフだって言ってた」

「違和感に気づかないかい？」

「……自分の家、言い方を変えれば実家が入っていない」

「その通りさ」

元々、親はほとんど家にいないというような話は聞いていた。

乙咲《おとさき》家自体がそれなりに裕福な家ということも聞いていたし、きっと由緒ある家なのだろう。

アイドルである以前に、玲《れい》は家の中で〝乙咲家の娘〟という立場を守り続けなければいけなかったのかもしれない。

それをオフとは言えない。

「今までオフでいられる場所は、ボクら三人でいる時だけだった。それが君という存在が現れたことで一つ増えたんだ。自分と過ごすようになった後のレイしか君は知らないかもしれないけれど、実は結構笑顔が増えたんだよ？」

「……そいつは光栄だね」

「本心で思ってる？」

「思ってるって。俺は玲を尊敬している。そんな奴《やつ》の居場所の一つになれたってのは、結構嬉《うれ》しいもんだ」

私はどこにも行かない――――。

そう言ってくれた玲の姿を思い出す。

彼女がそう言ってくれる限り、俺も離れようとは思わない。

それに一人の女も支えられないような男じゃ、この先専業主夫として生きていくなんて夢のまた夢だ。

「尊敬してる、ね。本当にそれだけ？」

「どういう意味だよ」

「恋はしてないのかって意味だよ」

ミアの口角が少しだけ吊《つ》り上がる。

いつの間にか真面目な雰囲気はどこかへと消え去り、今はただ普段通りの彼女がいた。

「恋、ねぇ……あいつのことは好きだが、恋ってなるとまた別だな。俺は生涯愛す女は一人って決めている」

「え……何、その考え。無駄に男らしいけど」

「そいつのことを好きになったら、目移りなんて絶対にしない。だからこそ、俺はその一人を慎重に選びたい。まだひと月程度の関係の相手にそんな気持ちは抱けねぇよ」

ここから半年、一年と過ごしているうちに恋心を抱いてしまう可能性は、俺の中で否定はできない。

少なくとも今この段階で言えることは、〝現状〟恋はしていないという部分だけだ。

「つまらねぇ答えで悪かったな」

「ううん。ボクとしてはありがたい答えだけど」

「は？」

「だって、それならまだボクにもチャンスがあるってことでしょ？」

自身の唇を舌で舐《な》め、ミアはそう言い放った。

「――なんて、冗談だよ」

俺が呆気《あっけ》に取られているのを感じ取ったのか、ミアは俺から距離を取ってから茶目っ気のあるウィンクをする。

「がっかりした？」

「はぁ……むしろ安心したわ。お前に本気で惚《ほ》れられたら逃げられる気がしねぇ」

「よく分かってるね。ボクは意外と狡猾《こうかつ》だから、ありとあらゆる手で逃げられなくするよ」

意外と、ではないと思うが。

とりあえず今はツッコミを入れることも疲れる時間帯なので、スルーしておく。

「そもそもボクらが恋愛なんかしてしまえば、一部のファンから総叩《そうたた》きに遭ってしまうしね。たとえ隠れてお付き合いするようなことがあっても、そのリスクの方が大きく見えてしまうよ」

「……つくづくお前と俺って似てるのかもしれねぇな」

「おや、それは光栄だね」

アイドルとお近づきになれるということより、それが発覚した時の損害の方を大きく考えてしまう部分が、彼女によく共感できる。

結局のところ、何かを壊してしまうのが怖いのだ。

「……じゃあ、そろそろボクはお暇《いとま》しようかな。夜更かしはお肌の天敵と言うしね」

「そうか。んじゃ気ぃつけて――――なんて言う距離じゃねぇな」

「ふふっ、そうだね。片付けとか手伝った方がいいかい？」

「いや、俺が全部やる。自分の使うキッチンに関係することは、全部自分でやらねぇと気が済まねぇんだ」

「君も十分ストイックだよ。ならお言葉に甘えて。今日は美味《おい》しいご馳走《ちそう》をありがとうね」

ミアは自分の荷物を持つと、手をひらひらと振って部屋から出て行った。

さて、片付けの前に俺は眠りこけている二人を起こさなければならない。

寝室に向かい、玲とカノンが寝ているベッドへ近づく。

（カノン……お前寝相が悪すぎだろ）

豪快に玲の体に足を乗せているカノンを見て、俺はため息を吐いた。

ともかく起こそうと、二人の肩を揺する。

「おい、二人とも。ここからは自分の部屋に戻って寝ろ」

「ん……うん……なに？　もう朝？」

「深夜だよ。さっさと帰って二度寝しろ」

「あー……そうするわ」

だらしなく起き上がったカノンは、そのままふらふらと俺の部屋を出ていく。

所々で壁にぶつかる音が聞こえてきたが、何とか外の廊下には出られたようだ。

心配だからあとで一応廊下だけ確認しておこう。倒れているかもしれん。

「ほら、玲も」

「……うん」

カノンとは違い素直に起き上がった玲は、俺を一瞥《いちべつ》した後にそのまま部屋を出ていく。

こうして、俺は部屋に一人となった。

綺麗《きれい》に完食されたパエリアやスープ、スペアリブの食器を持って、流しへと向かう。

油物の皿はぬるま湯に漬けておき、洗いやすい物からスポンジと食器用洗剤で擦《こす》っていく。

無心で皿洗いに没頭すること数分、俺はふとした瞬間に違和感を覚えた。

「玲の奴……やけに素直に帰ったな」

言葉にしてみて、ようやく違和感の正体に気づいた。

そう、寝起きの玲がふらふらしていなかったのだ。

普段ならばカノンのように寝ぼけて危なっかしさすら感じるというのに、今日の歩みはしっかりしていた。

（まあ、だから何だっつー話なんだけど）

大して長く寝ていたわけでもないし、きっと本格的な睡眠とはまた違うのだろう。

この時の俺はこれ以上特に考えたりもせず、黙々と皿洗いを終わらせた。

◇◆◇

がやがやという喧騒《けんそう》と、上品な音楽が俺の耳を打つ。
ふと足元を見れば、やけに小さな靴が視界に入った。
そうか、これは夢だ。
この格好は小学生の時のもの。高校生になった俺に着ることができる代物ではない。
たまにあるだろ、夢だと理解できる夢。
ふわふわと景色が歪《ゆが》む。
今俺が立っている場所には、見覚えがあった。
大企業が集まった交流パーティーの会場。
俺は確か、他企業からの招待を受けた親父《おやじ》についてきたのだ。
『おお、その子が志藤《しどう》さんのご子息ですか』

『ええ、まあ』

俺の隣で、親父が知らない男と話している。

二人ともどこか顔に靄《もや》がかかっており、はっきりとは見えない。

『そちらは――――さんの？』

『はい、自慢の娘です』

景色だけでなく、二人の会話の一部までもがぼやけてしまう。

それだけ俺にとって、この会場での記憶が曖昧ということなのかもしれない。

『ほら、〝れい〟。挨拶するんだ』

〝れい〟と呼ばれた少女が、俺と親父の前に現れる。

綺麗な金髪に、青みのかかった目。

年齢は俺と同じくらいだろうか。まるで人形のような可愛《かわい》らしさだ。

『――――〝れい〟です。はじめまして』

俺は目の前の少女の顔に、どことなく見覚えがあった。

しかし記憶と記憶を結び付けようとすると、靄が濃くなってそれ以上の思考を止められる。

「おとうさん、この子すごくかわいいね」

俺の意志とは関係なしに、口がそんな言葉を吐く。

そうだ、この時久しぶりに親父に会えて、俺は少し浮かれていた。口ぶりで、何となくそのことを思い出す。

『ああ、そうだな』

『さすがはあの志藤グループのご子息。見る目がありますな』

『……それはどうも』

そう告げた親父は俺の背中をそっと押して〝れい〟の方へと近づける。

『私はしばらく彼と仕事の話をしなければならない。お前は自由にしていろ』

「え……おとうさんといっしょじゃだめなの？」

『仕事の話を聞いたところで、退屈なだけだろう』

ははっ、夢の中でも相変わらずでやんの。

『……それならうちの〝れい〟を任せてもいいかな？　この辺りで遊んでいるといい』

そう言われた俺は、〝れい〟と目を合わせる。

そうだ、俺は確か彼女の心細そうな表情を見て、何とかしなきゃって思ったんだ。

俺は〝れい〟に近づき、その手を取る。

「行こ！」

『……う、うん』

どことなく困惑しているような彼女の手を引いて、俺は会場を歩く。

一流企業の重役ばかりが揃《そろ》う会場が故に、バイキング形式の高級料理が所狭しと並んでいた。

俺は自分が食べて美味しかったと思えたものを皿に取ると、彼女の方へと差し出す。

「このケーキすごくおいしかったから、よければ食べてみて？」

『あ……』

〝れい〟は俺からケーキの乗った皿を受け取ったものの、見つめるだけで手を付けようとはしない。

「もしかして、きらいだった？」

『ち、ちがう……ちがうけど、お父さんが甘いものは虫歯になるから、あんまり食べちゃだめって』

「そんなのもったいないよ。こんなにいっぱいおいしいものがあるのに……」

『――――でも』

「〝れい〟ちゃんは食べたい？　食べたくない？」

俺の質問に、〝れい〟は困ったように眉をひそめる。

しばらく考えて、ようやく彼女は口を開いた。

『たべ……たい』

「じゃあさ、こっそり食べちゃおうよ」

俺は周囲を見回し、まず誰も見ていないことを確認する。

そしてテーブルの周りでしゃがみ込むと、そこにかかっていたテーブルクロスをめくりあげた。

「こっちこっち」

『う、うん』

二人して、テーブルの下へと潜り込む。

大人では入れないような、子供だけの空間。

そんな場所に胸を躍らせつつ、改めてケーキの皿を彼女へと渡した。

「甘いものを食べたあとは、ちゃんと歯をみがくんだ。そうすれば虫歯になんてならないよ」

『そうなの……？』

「だいじょうぶ。俺を信じて」

俺の目を見た〝れい〟は、意を決した様子でケーキを口に含む。

その瞬間、彼女の表情は見ているこっちが眩《まぶ》しく感じるほどに晴れやかになった。

『おいしい……！』

「でしょ？　待ってて、ほかにも持ってくるから」

それから親父たちに見つかるまで、俺は彼女のために色んな料理を持ってきた。

何故《なぜ》そうまでして必死になったのか――――ああ、そうだ。〝れい〟が美味しいものを食べた時の笑顔が、もっと見たいと思ったからだ。

美味しい物を食べると、人は笑顔になる。

誰かを笑顔にできたことがすごく嬉《うれ》しくて、もっともっとそれが見たくて。

ずっと忘れていた小さい頃の夢。

――ははっ、今更思い出した。

俺は、〝あいつ〟と同じように、誰かを笑顔にしたかったんだ。

第六章　水族館デート

おかしな夢を見ていた。

いつかのパーティーの夢だったと思うのだが、起きてしばらくしたらほとんど内容を忘れてしまった。

だけど、とても大事な記憶だったような気がする。

ベッドから起き上がった俺は、洗濯機の方へと足を向ける。

溜《た》まっていた衣服をすべて洗濯機に入れ、一時間ほど。

朝のコーヒーを飲みながら時間を潰し、洗濯が終わればそれをベランダに干す。

この部屋に来て初めての洗濯だったが、もう何年も繰り返した作業に淀《よど》みはなかった。

今日は日曜日だというのに、玲《れい》たちは三人揃って部屋にはいない。

どうやらライブ告知用の番組収録があるらしく、夕方辺りまでは帰ってこないそうだ。

楽屋で弁当が出るらしく、ひとまず帰ってくるまでは俺の仕事はない。

しかしそれは部屋の中での話。

俺は俺で、突発で入った優月《ゆづき》先生のアシスタントの仕事がある。

「うっし……」

最後のTシャツを干し、俺は部屋を出た。

前まではあまり使う機会のなかった自転車にまたがり、優月先生の仕事場へと向かう。

やはり引っ越して一番便利になった点は、こうして電車に乗らずに仕事場へ向かえることだ。

マンションの下に自転車を止め、仕事場へと入る。

玄関に優月先生の靴しかないことから、他のアシスタントさんはまだ来ていないようだ。

言い忘れていたが、優月先生はこの部屋に住んでいるわけではない。

日々の運動不足を解消するため、家から歩いて通える範囲に仕事部屋を借りているというスタイルだ。

さらに付け加えるとしたら、彼女はあまりにも家事をおろそかにするため、たまに俺が部屋の片付けを担当することがある。

大体ひと月に一回程度だろうか。

汚部屋レベルは、毎回よくもまあここまで散らかせるものだと感心したくなる程度だと言っておこう。

「おはようございます、優月先生」

「あ、凛太郎《りんたろう》！　ごめんねぇ、高校生の貴重な休日なのに」

「玲も仕事に行っていて今日は暇だったんで、ちょうどよかったですよ。何からやればいいですか？」

「ベタ塗りをお願いしたいんだよね。今月はコミックの作業もあるんだけどさ、そこで限定の短編を一話描くんだ」

「ああ、そいつはスケジュールもカツカツになりますね」

「そうなのよぉ……ページ数は少なくていいって言ってもらったんだけどね、それでも結構ペースを上げないと間に合わないのよ」

そもそも今月分の原稿も終わっていないのだ。

それにも取り掛かりつつ実質もう一話となると、五月の時と同じ程度の修羅場は覚悟すべきかもしれない。

「頑張りましょう。俺も微力ながら全力で手伝いますから」

「ううっ……凛太郎優しい……バイト代いっぱい出すからねぇ」

「期待してますよ」

時刻はまだ九時前。

九時になれば、他のアシスタントさんたちも揃うことだろう。

それまでに仕事の遅い俺は少しでも作業を進めておかなければならない。

アシスタントの人たちは俺と違って全員漫画で食べていこうとしているが故に、技術面で追いつけるはずもないのだから。

「あ、そうだ。凛太郎、これ行ってきなよ」

「え？」

突然、優月先生が俺のデスクの上に二枚のチケットを置く。

どうやら水族館の無料券のようだ。

「どうして先生が水族館のチケットを？」

「アシスタントの子が彼女に振られたらしくてね……本当は二人で行く予定だったんだけど、一人で行くのは辛《つら》いからって私に渡してきてさ。私だって一緒に行く相手なんていないから、ちょうど持て余してたの。でも凛太郎なら乙咲《おとさき》さんと一緒に行けるじゃない？」

「まあそう言われればそうかもしれないっスけど……俺はともかくあいつの忙しさは半端ないですよ？　多分無駄になると思うけど」

「聞いてみるくらいならいいんじゃない？　駄目なら学校の誰かにでもあげてよ」

「あー、そういうことなら」

とりあえず、俺はそのチケットを財布の中へとしまう。

一応言われた通りに玲を最初に誘ってみるが、駄目なら雪緒《ゆきお》にでも渡してしまおう。

俺自身が雪緒を誘えばいいじゃないかと思われるかもしれないが――――個人的に、あの人がダメだったから代わりに誘うという考え方が苦手なのだ。

相手に対してお前は二番目ですよと言っているような気持ちになる。

そんな嫌な気分になるくらいなら、もはや誘わない方がマシだ。

「初めてのデートだね、凛太郎。うふふふふ。ちゃんと感想も聞かせてね？」

「自分はしたことない癖に他人をからかおうとするなんて、若干ダサいっスね。優月先生」

「あんたは今言っちゃいけないことを口にした！」

彼氏いない歴＝年齢の漫画家の叫びが、部屋の中に響き渡った。

◇◆◇

臨時アシスタントの仕事を終えた日の夜、俺は和風カレーを焦げないようにかき混ぜながら、優月先生からもらった水族館のチケットについて考えていた。

「うーん……誰が何と言おうとデートの誘いにしか見えないよな」

男が女を水族館に誘う。しかも二人っきりで。

昨日ミアに変なことを聞かれたせいで、妙に意識してしまっていた。

俺自身にそういうつもりはないのだが……さっきから何だか嫌な緊張感がある。

「ただいま」

玄関が開き、リビングに玲が入ってくる。

厳密にはここも玲の部屋ではないのだが、もはやただいまとおかえりを言う関係に慣れすぎて違和感として受け入れられない。

「おう、おかえり」

「っ！　今日はカレー？」

「ああ。この前の和風カレーをちょっと改良してみたんだ。具も少し変えてみたから、よければ感想を聞かせてくれ」

「うん」

少しはしゃいだ様子の声を上げた玲は、手洗いをして戻ってくる。

その間に白米を器に盛り、ルーをかけてテーブルへと置いておいた。スパイスと出汁の香りが混じり合い、普段のカレーとは違う食欲をそそる匂いが部屋に充満する。

「「いただきます」」

スプーンですくい、カレーを口に含む。

部屋に漂っていたものよりもさらに強い香りが鼻に抜けた。

うん、いい出来だ。

激務で腹が減っていたという要素もあると思うが、それを抜きにしてもかなり美味《うま》い。

これはお気に入りメニュー行きだな。

「美味《おい》しい……！　いつものカレーとは一味違う」

「よかった。一応ネットで少し調べてから作ったんだけど、大体は何となくだったからさ」

結局玲はそれから二回おかわりをし、かなり多めに作ったはずのカレーを残り一皿分程度まで減らして、夕食の時間は終わった。

いつも通り食後のコーヒーを飲みながら、俺と玲はぼーっとテレビを眺めている。

「今日収録した番組って、いつ放送されるんだ？」

「二週間後くらい」

「へぇ……」

他愛もない会話をしつつ、俺はちらりと時間を確認する。

――――そろそろ頃合いか。

ポケットに入れていたチケットを取り出し、一枚を玲の前に置いた。

「凛太郎、これ何？」

「水族館のチケット。優月先生がくれたんだ。俺と玲で行ってくればって。レッスンでかなり疲れも溜まってるかもしれないし、息抜きになればと思ったんだが……」

玲は呆気《あっけ》に取られた表情で、俺とチケットを見比べている。

ううむ、感触としては若干悪いな。

「……ま、アイドルが男と二人で水族館ってのも結構危ねぇよな。もう一枚あればミルスタの三人でってことでまとめて渡せたんだけど……つーか、ダメ元だし、難しければ断ってくれれば――――」

「……く」

「え？」

「行く……！　絶対に一緒に行くっ」

玲は突然前のめりになり、いつになく大きな声でそう言った。

その勢いに押され、俺は思わずのけぞる。

「お、おう……そうか」

「ちゃんと変装して、ばれないようにする。次の土曜日もオフだから、そこがいい」

「わ、分かった分かった！　その日でいいから！」

こうして、俺たちの水族館デートはすんなりと確約された。

◇◆◇

さて、こうして俺は玲《れい》と出かけることになったわけだが――。

「どうしたらいいんだろうか……」

一人の部屋でそうつぶやいてしまうほどに、俺には女性と二人で出かけた経験がない。

待ち合わせまで、あと一時間。

まだ着ていく服が決まっていない俺は、クローゼットの前で頭を抱えていた。

二人で出かける以上は、玲にあまり恥をかかせたくない。

つまりダサい格好はナンセンスということになるが、まあそこは常識の範疇《はんちゅう》であると思う。

逆に派手でも駄目だ。

玲がわざわざ変装するのに俺が目立つ格好をすれば、いらない目線を集めることになる。

どれだけ見た目を変えていても、目の数が増えれば正体がバレる確率も高くなるはずだ。

「……多少地味でも無難に行くべきだよな、ここは」

結局、俺はジーパンに黒いTシャツを着て、ワンポイントで安物のネックレスをつけて部屋を出た。

鏡で一応確認してみたが、ザ・無難といった形にはなっていると思う。

向かう先は駅前の広場。

同じマンションに住んでいるのだから、待ち合わせなどせずに一緒に向かえばいいと思うことだろう。

しかし万が一にでもマンションから一緒に出るところを週刊誌にでも撮られれば、せっかくスキャンダル対策で同じフロアをすべて借りたのに、それも無駄になってしまう。

警戒し過ぎだとしても、何かあってからでは遅い。


外はすでに夏に片足を突っ込んでいるような気温になってきた。

じわりと汗が滲《にじ》むかどうかといったところで、俺は駅前に到着する。

駅前には奇妙なオブジェがあり、よく待ち合わせに使われていた。

俺たちもそこで待ち合わせをしているのだが――――。

「んー、あれか……？」

オブジェの前に、大きめの帽子を被《かぶ》りサングラスをかけた女が立っている。

玲だと分かった上で見ればかろうじてそうだと認識できる程度の、かなり入念な変装だ。

「よ、待たせたな」

「ううん。着いてからまだ五分も経《た》ってないから」

「そっか。別に時間に限りがあるわけじゃねぇけど、さっさと行くか」

「うん。楽しみ」

俺たちはそうして駅に入――――らず、客待ちをしていたタクシーへと乗り込んだ。

電車を使わない理由は、もちろん不特定多数の人間から見られる可能性が高くなるからである。

タクシーに揺られること一時間弱。

俺たちは近場では有名な水族館へとたどり着いた。

休日ということもあり、子連れの親子が多い印象を受ける。

「今更だけど、私はあんまり水族館に来たことがない」

「そうなのか？……って言っても、俺も似たようなもんだけど」

「お父さんもお母さんも忙しい。だから一緒に来たことはない。小学生の頃の社会科見学が、最初で最後だった」

――俺も、まったく同じだった。

唯一違う点があるとすれば、一度だけ母親に連れて行ってもらったことがあるくらいか。

今思えば、あれも俺を置いていくことへの罪悪感から来る行動だったのかもしれない。

「だから、一層今日が楽しみだったの。凛太郎《りんたろう》、誘ってくれてありがとう」

「……どういたしまして」

そこまでいい思い出ではなかった水族館という場所も、玲と一緒なら楽しめるかもしれないな。


　やがて受付でチケットを見せた俺たちは、建物の中へと入っていく。

　建物内の通路は暗く、左右の水槽が強調されるような照明が設置されていた。

　水槽の中は何とも幻想的で、数多《あまた》の魚が心地よさそうに泳いでいる。

「凛太郎、すごい可愛《かわい》い魚がいる」

「クマノミって書いてあるな……確か前にクマノミが主人公の映画を見た気がする」

「じゃあこっちは？」

「タツノオトシゴだな」

　玲は見る物すべてに目を輝かせ、せわしなく視線を動かしている。

　ずいぶんと楽しんでくれているようだ。

　誘うきっかけとなった優月《ゆづき》先生には、あとで改めて感謝しないとな。

「凛太郎っ、イルカのショーがあるって」

　いつも以上に弾んだ声を出しながら、玲は俺の手を引く。

　連れて行かれた先にあった看板には、イルカショーの時間割が記されていた。

「ちょうどいいな、今から十分後だって」

「絶対に見たいっ」

「はいはい。ちょっと順路から外れるっぽいけど、行ってみるか」

順路からそれ、俺たちは屋外へと出た。

イルカショーはずいぶんと盛況なようで、俺たちは入場待ちの列に並ぶ。

「イルカ好きなのか？」

「可愛いから、好き。というより、可愛い動物は全部好き」

「へぇ……」

玲はいつ見ても何を考えているのか分かりにくいタイプだが、根っこの部分が女子であることに変わりはないようだ。

こうして彼女の人間らしい部分を知れると、少し安心する。

「あ、会場開いたみたい」

「ん、じゃあ行くか」

列の進みに従って、俺たちはイルカショーの会場へと入っていく。

満員、とまではいかないが、客席にはかなりの人数が入っていた。

俺たちは前から二段目の列に案内され、そこに座る。

イルカのいるプールからだいぶ近く、かなりいい席に座れたんじゃないだろうか。

「皆さん！　イルカショーにようこそ！　このショーではイルカが飛び跳ねた際に水が飛ぶ可能性がありますので、多少衣服が濡《ぬ》れてしまう可能性があります！　苦手な方がいらっしゃいましたら、後ろの席に移動することをお勧めいたします！」

係の人が俺たちに注意事項を伝える。

すると最前列の数人が後ろへと下がっていった。

内二組がカップルで、女性の方がバッチリとメイクを決めている。万が一にもそのメイクが崩れてしまうなんて事態は避けたいのだろう。男目線だが、賢明な判断だと思う。

「凜太郎、前が空いた」

「おい……詰める気かよ」

「もっと近くで見たい」

「だから最前列は水が――――って、聞いてねぇし」

玲はワクワクした様子で、空いた一番前の席に移動する。

俺はしばし思考して、結局連れを一人にするというのもおかしいと思い至り、隣の席へと座った。

濡れたらマジでどうしよう。

「では！　イルカのミーちゃんとカーくんの華麗なショーをご覧ください！」

ウェットスーツに身を包んだ係の女性が、二頭のイルカと共に泳ぎ始める。

彼女とイルカはまるで完璧に意思疎通ができているかのようにズレ一つなく動いていた。

やがて助走をつけ、二頭のイルカが水面から跳び上がる。

思わず歓声を上げそうになるほどに、その動きは美しかった。

しかし、ここで悲劇が起こる。

客席際にかなり近い位置にイルカが着水したせいで、大量の水が舞い上がった。

自分の方へと迫ってくるその水飛沫《みずしぶき》をぼーっと眺めながら、俺は頭の中で嘆く。

〝それ見たことか〟、と。

ぱしゃりと、胸に軽い衝撃を受け、じわりと服が湿っていく。

隣を見てみれば、玲の服にも少量とは言えない量の水がかかっていた。

問題が起きたのは、さらにここから。

元々玲が薄着だったこともあり、胸の部分の布がぺったりと張り付いてしまっている。

そのせいでうっすらと胸部を支えるための下着が透けてしまっていた。言い換えるならば、そう、ブラジャーである。

幸いなことにここは最前線。正面から彼女のことを見る人間はいない。

今この場で恥をかくようなことは起きないと思うが――。

（っていうか、こいつ気づいてない……？）

玲は目をキラキラさせたまま、飛び回るイルカを見ている。

そんな表情を見て、力が抜けた。

まあ今は問題がないし、ひとまずショーが終わるまではそっとしておこう。

ここで無理に連れ出すのは、さすがに気が引ける。

――そうしている間に、ショーはフィナーレに向けて盛り上がり始めた。

ショーの中盤で増えた二頭のイルカと、最初からいたミーちゃんとカーくんと呼ばれていたイルカ。

計四頭のイルカはそれぞれプールの隅に移動すると、一気に中心へ向けて泳ぎ出す。

そうして交わる一瞬、絶妙な間隔で順番に水面から跳び上がり、空中に四つの弧を描いた。

この大技を最後に、イルカショーはフィナーレを迎える。

「よし、じゃあ出るぞ」

「え、まだ飼育員のお姉さんの挨拶中……」

「一刻も早くその格好をなんとかしねぇといけないんだよ！」

俺は玲の手を引いて、会場を後にする。

彼女の胸元には俺が持っていたハンドタオルをかけておき、急ごしらえの視線対策だけはしておいた。

駆け込むように入った先は、この水族館の土産屋である。

「ほら、そんな格好じゃもう歩けないだろ？　無駄な出費かもしれないけど、ここで服を買ってけ」

「ん……確かに」

自分の体を見下ろし、玲《れい》はようやくずぶ濡れであることに気づいたようだ。

目の前に並んでいる物は、魚の絵がプリントされているTシャツたち。

ぶっちゃけ可愛らしさ重視の部屋着向けと言わざるを得ないが、下着が透けている状態よりはよっぽどマシだろう。

「凛太郎、それならペアルックしよ」

「はぁ!?」

「せっかくだし、お揃《そろ》いにしたい」

「そんなもん恥ずかしいわ！　カップルでもあるまいし……」

「今日はデート。……だめ？」

全く理論になっていない――――。

ただ大人気アイドルの上目遣いには桁外れの破壊力があり、俺は思わずたじろいだ。

せっかく誘ったというのに、断った結果落ち込ませてしまうのも気が引ける。

(仕方ないか……)

俺は大きくため息を吐《つ》くと、水色のイルカのTシャツを手に取った。

「分かったよ。だけど俺はこのイルカのTシャツ以外認めねぇからな」

「うん。私もそのデザインがいいと思っていた」

玲は俺の選んだ物の対《つい》になるピンクのイルカのTシャツを手に取った。

二着とも自分が金を出すという玲の提案は却下し、俺は自分のTシャツだけ購入する。

まあ男として玲の分まで払わないというのは格好が悪いのかもしれないが、相手側からの提案を断っている以上は自分が出すとも言い出せなかった。

こうして俺たちは、イルカのTシャツをお揃いで購入した。

土産屋にはもちろん更衣室など存在しないため、俺たちは着替えるためにトイレへと向かう。

その道中、彼女が自分のTシャツを嬉《うれ》しそうに抱きしめている姿が印象に残った。

「……マジでこれ着て歩くのかよ」

トイレの鏡の前で、俺は自分の格好を改めて確認した。

白いTシャツの真ん中に、水色のイルカが堂々と飛び跳ねている。

可愛らしい。間違いなく可愛らしいのだが――。

「ま、いいか」

もういい、細かいことは気にするな。大事なのは玲が楽しんでいること。

今日だけは、彼女の息抜きのために全力を尽くす。

トイレから出て近くに設置されていた顔ハメパネルの前で玲を待とうと思ったが、ほんの数秒違いで玲もトイレから出てきた。

色が違うだけの同じデザインの服を着ているのに、彼女が着ると何故《なぜ》か絵になる。改めて彼女の人並み外れた美貌の凄《すさ》まじさを実感した。

「待った？」

「五秒くらいな」

「そこは今来たとこって言ってほしかった。憧れだったのに」

「恥ずかしくて言えねぇよ、そんな今時のドラマでも聞かねぇようなセリフ……ほら、行くぞ」

「うんっ」

俺たちはそのままの足で順路に戻る。

初めはペアルックで動くことに恥ずかしさを覚えていたが、水槽の中を泳ぐ色鮮やかな魚たちを見ている間に少しずつ忘れていった。

水槽に映った玲の楽しげな顔を見て、俺は誘ってよかったと改めて思う。

さて、楽しい時間というのはあっという間だ。

最後まで見て回ってしまった俺たちは、受付の近くまで戻ってくる。

時刻は十三時を少し回ったくらい。昼時と言えば昼時だし、そうじゃないと言えばそうじゃないくらいの微妙な時間。

ともあれ空腹感は強いし、せっかくならどこかで飯を食べたいところなのだが――。

「少し喉が渇いたから、飲み物を買ってくる」

「おいおい、そんなの俺が行くって」

「いい。凛太郎《りんたろう》の分も買ってくる。せっかくチケットもくれたんだし、これくらいは返させて？」

「……それ言われると弱いな」

玲は俺を近くのベンチに座らせると、そのまま自販機のある方向へと早歩きで向かっていく。

うむ、暇だ。

暇つぶしがてらスマホを取り出し、漫画アプリ等で時間を潰そうとする。

最近は玲から薦められた漫画をいくつかお気に入りにしておき、時間によって回復するライフやチケットでちまちま読み進めていた。

このシステムは本当にありがたい。

何話か読んで続きが気になれば、改めて単行本を購入する。

これで失敗はほとんどなくなったし、節約しながら十分漫画が楽しめる。

「――あれ？　志藤《しどう》君？」

新しい漫画の一話目を開こうとした時、聞き覚えのある女の声が聞こえてくる。
顔を上げれば、うちのクラスの委員長である二階堂梓《にかいどうあずさ》が目の前に立っていた。
肩が少し見える半袖とロングスカート、少し大人っぽい私服に身を包んだ彼女は、驚いた目で俺を見ている。

「……二階堂さんじゃないか！　奇遇だね、こんなところで」

完全に気を抜いていたせいで一瞬猫かぶりモードに入るのが遅れてしまったが、何とかテンションで取り繕う。

途端に、自分が水族館Tシャツを着ていることに羞恥心を覚えた。
玲と二人で並んでいたから気にならなくなっていたが、一人になるとだいぶ恥ずかしい。
めちゃくちゃ浮かれてる奴《やつ》にしか見えないからな。

「おーい梓ー、どうしたー？」

二階堂の向こうから、これまた聞き覚えのある声がする。
姿を現したのは、堂本竜一《どうもとりゅうじ》、野木《のぎ》ほのか、そして柿原祐介《かきはらゆうすけ》の仲良しリア充グループ。
どうやら彼らもこの水族館に遊びに来たらしい。

「お、志藤じゃん。お前も来てたんだな！」

「ああ、堂本君……相変わらず皆仲が良さそうだね」

順

「よせよー、何か照れ臭いだろ？」

快活に笑う堂本は、満更でもなさそうな様子で頭を掻《か》く。

続いて近づいてきた野木と柿原も、俺を見て驚いたような表情を浮かべた。

「あっれー！　志藤じゃん！　マジ奇遇」

「まさかこんなところで会うなんて、偶然って怖いな」

野木と柿原に対し、手を振って挨拶を返す。

その間に、チラリと玲が向かった自販機の方へ視線を送った。

彼女はいまだに自販機の前にいる。

いくつも並んだ自販機の前を行ったり来たりしていることから、おそらく何を買うか悩んでいるのだろう。

そのままでいい。しばらく戻ってこないでくれ。

「でもいがーい。ウチ志藤ってそういうグッズは買わない人だと思ってた」

「あ、ははは……いや、結構買うよ？　遊園地に行くとカチューシャとか買っちゃうタイプだし」

「へー！　じゃあ結構ウチと気が合うかも！」

合わんくていい。

本当はお前の考えている通りの人間なんだから――――などと思いつつ、口には出さない。

　見たところ今水族館に来たようだし、もうしばらくすれば去って行ってくれるだろう。

　余計な情報は出さないようにしつつ、この場をやり過ごしたい。

「ねぇ志藤君。せっかくだし、一緒に見て回らない？」

「……は？」

　熟達した愛想笑いでお茶を濁していると、突然二階堂の口から耳を疑う発言が飛び出してきた。

「こ、ここで会ったのも何かの縁だし、せっかくならどうかなって」

「……あー」

　俺が返答に言い淀《よど》んでいるのを察したのか、とっさに柿原が前に出てきてくれた。

　彼は二階堂の肩に手を置いて、俺と彼女の顔を交互に見る。

「梓、多分志藤は今から帰るところなんじゃないかな？」

「え!?　あ、ごめんなさい！　勘違いしちゃって……」

　俺は顔を赤くした二階堂に向けて、気にしないでと言いながら笑いかける。

　ふう、ナイスだ柿原。

　さすがはリア充軍団のリーダー（俺調べ）、空気が読める。

「せっかくのお誘いだけど、ごめんね。ちょっとタイミングが悪かったかな。それに四人に交ぜてもらったら邪魔しちゃうと思うし」

「そ……そんなことないよ！　私は志藤君のこと歓迎するし！」

……何だこいつ。

何故か彼女は自分自身の発言に驚いており、焦った様子で髪の毛をいじっている。

よく分からない奴だ。

「……梓、あんまり我儘《わがまま》言うなよ。志藤も困ってるだろ？」

またもや柿原が助け舟を出してくれる。

しかしどことなく表情が曇っているように見えるのは、気のせいだろうか？

（いや……気のせいじゃねぇよな）

何となく、柿原の目には覚えがある。

嫉妬という奴だ。

小学生の頃に何度か経験があったが、この歳《とし》になって向けられたのは初めてである。

きっと柿原は二階堂のことが好きなのだろう。

それで彼女が俺という男を好意的に誘ったことに対し、嫉妬したんだ。

彼の人間らしい面が見られて安心したものの、状況はかなりよろしくない。

根本的に二階堂が俺に好意を抱くなんてことはあり得ないと思わせないと、今後の学校生活に支障をきたす可能性がある。

「あー、ごめん。そろそろ彼女が戻ってくるから、俺行かないと」

──やむを得ない。

「え……？」

二階堂の表情がぴしりと固まる。

おいおい、柿原の嫉妬は勘違いじゃなかったのか？

どうして彼女はこうも好意を匂わせるようなことをするんだよ。

「え!?　志藤って彼女いんの!?　めっちゃいがーい！」

「あはは、割と最近できたんだけどね……」

「写メとかある!?　あ！　でもここで待ってれば会えるか！」

「い、いや！　すごい人見知りな子だから、そういうのはちょっと避けたいかな……？」

「えー……ま、そういうことなら仕方ないか」

見せられるわけねぇだろ。この場において俺の彼女の立場になるのはあの乙咲玲《おとさきれい》なんだから。

とりあえず野木の追及は止まったため、これで誤魔化せたと思っていいだろう。

「っ、そっか！　そういうことなら仕方ないよな、梓。俺たちも早く行こう」

「……うん。志藤君、またね」

また学校で。

そんな言葉を返しつつ、手を振った。

(……乗り切ったか?)

順路へ進んでいく彼らの背を見送り、俺はほっと息を吐く。

柿原の目からはマイナスな感情が消えたし、かなりいい選択ができたようだ。

それにしても、二階堂のあの態度は本当に好意によるものだったのだろうか。

だとしたらどこで俺なんかに好意を持ったのだろう。

接点なんて調理実習の時のアレくらいしかないのだが――――。

ともあれ、もう俺には彼女がいるってことになったんだし、気にする必要もないはずだ。

空気の読める彼らなら俺のことなど大々的に広めるようなこともしないだろうし、俺の学校生活はとりあえず平穏を保てたと言える。

(ふぅ……つーか、あいつ遅くねぇか?)

だいぶ彼らと話していたと思うが、まだ玲は帰ってきていなかった。

そう思った矢先、突然真後ろに気配が現れる。

「凛太郎、彼女って……もしかして私のこと?」

「……聞いてたのかよ」

「途中から。近づいたらまずいと思って、適度に距離を保っていた」

「賢明な判断だ。助かったよ」

俺はベンチから立ち上がり、その後ろに立っていた玲は回り込むようにして俺の隣に立つ。

彼女はどこかソワソワした様子で、俺の顔を覗《のぞ》き込んできた。

「悪ぃな、勝手に彼女ってことにして。トラブルを避けるために利用しちまった」

「別にいい。嫌じゃないから」

「ははっ、妄想癖乙って笑われなくて助かったよ。……ってか、詳しい話は外に出てからにするか。何かの拍子にあいつらが戻ってきたら面倒だ」

「分かった。ついでにご飯を食べに行こう」

「名案だ。お前の食べたいもんでいいぜ」

「じゃあラーメン」

「それ男が選んだら怒られるチョイスなんだけどな……」

断る理由もないため素直に応じるが、こう、何とも言えない複雑な感情だ。

まあいい。今日はとことん玲に付き合うと決めた。

デートらしさなど無視して、彼女の食べたい物に付き合うとしよう。

「――あれって……乙咲、さん？」

◇◆◇

駅前に戻り、有名なラーメンのチェーン店に入る。

とんこつスープがメインの店で、麺のボリュームはあまり多くなく、どちらかと言えば替え玉を前提としているような造り。

もちろん替え玉をしなくても十分満足できるだけの味がある。

「替え玉お願いします」

「はいよー！」

俺の隣で、本日三度目の替え玉が行われようとしていた。

視線を彼女の器に向けてみれば、麺の一片すらないスープだけが存在している。

替え玉三回目ということはもうすでに三杯のラーメンが彼女の腹に収まっていることになるのだが、彼女の体はすらっとした完璧なスタイルを保っていた。

本当にどうなってんだ、こいつの胃袋は。

「凛太郎《りんたろう》、食べないの？」

「……食べるよ」

何だか負けた気持ちになりながら、俺もラーメンをすする。

結局、玲は四回、俺は二回替え玉をして、昼食を終えた。

時刻は十四時半。

まだ帰るには早いような、そんな半端な時間。

とは言えデート初心者の俺には気が利いた提案もできないのだが――。

「凛太郎、私行きたいところがある」

「そうなのか？」

「うん。ついてきてほしい」

彼女に行きたいところがあるならそれは好都合。

俺は玲に従うままに、タクシーに乗り込む。

ずいぶんと離れたところを目指しているようで、移動時間は一時間を越えた。

やがて彼女が定めた目的地へとたどり着き、俺たちはタクシーを降りる。

「私の都合に付き合わせてごめん。でも、どうしても二人で見ておきたくて」

目の前には、巨大な建造物。

確か――そう、日本武道館。

本来は名の通り武道の大会などで使用される会場だが、アーティストのライブ会場としても有名な場所だ。

〝目指せ日本武道館〟。

　そんな言葉を掲げて活動する者もいるくらいには、巨大な施設である。

「……何で、見ておきたかったんだ？」

「ここでライブを開くことが、アイドルになった私の次の目標。そして、その夢もあと少しで手が届くところまで来ている」

　玲は一歩、二歩と武道館の方に近づいていく。

「周りの人から、最近よく言われるの。表情が明るくなったって。きっとそれは凛太郎のおかげ」

「んなことねぇだろ。俺は大したことしてねぇし」

「そう言うと思った。でも凛太郎のおかげなことは事実。揺るがない」


『実は結構笑顔が増えたんだよ？』


――――頭の中に、ミアの言葉が過《よ》ぎる。

　玲自身にもその自覚はあったらしい。

「……別に、恩を感じる必要とかねぇからな。俺だっていい思いをさせてもらっているし、何なら……最近は結構楽しいって思えてる」

「嬉《うれ》しい。凛太郎に迷惑をかけすぎていないか、ちょっと心配だったから」

「迷惑って感じていたらとっくに関係を切ってるよ。俺はそんなに優しい人間じゃねぇしな」

「凛太郎は十分優しい。……ありがとう」

「よせよ。恥ずかしい」

俺はどこまで行っても自分が大事だ。

他人のために突っ走れる人間に憧れはするものの、そういった人種にはなれそうにない。

玲からしっかりと対価をもらっているからこそ、俺は動ける。

だから改めて感謝されると……こう、照れ臭い。

俺は頭を振って、感情を一旦リセットする。

「……何か、悩みごとか？」

俺は彼女と同じように武道館を見上げながら、そう問いかける。

「――――どうしてそう思う？」

「何となく。それこそ、いつもと表情が違うから」

この場に立ってから、玲の表情はどことなく思い詰めているように見えた。

気のせいではなかったようだ。

「俺に何とかできることか？」

「……ううん。多分、できない」

「そうか。なら、軽率には聞かねぇことにするよ」

俺にはどうにもできないことなら、きっと知らない方がいい。

お互い気に病む未来が見えている。

世の中、何にでも首を突っ込めばいいというわけではないのだ。

俺は俺にできることしかできないのだから。

「凛太郎、これからもついてきてくれる？」

「お前に見捨てられない限り、俺は乙咲玲について行く。今となっちゃ、お前に自分の飯を食ってもらうのが一つの楽しみだからな」

「……うん」

ほんの少しだけ晴れた表情を浮かべ、玲は顔を上げた。

俺の言葉が何かの助けになったのなら、それは素直に喜ばしい。

「ん……もう満足。凛太郎、帰ろう」

「そうかい。よし、んじゃ帰るか」

俺たちは再びタクシーに乗り込み、来た道を引き返す。

これからも――――か。

一体いつまで俺は玲の側《そば》にいられるだろう。

彼女がアイドルを引退するまで。
彼女に恋人ができるまで。
彼女と俺の関係が世間に見つかってしまうまで。

この世界に、永遠はない。

血の繋《つな》がった家族にすら捨てられた俺は、その事実を嫌というほど知っていた。

第七章　悩む者たち

玲《れい》とのデートから、早くも一週間が経過した。

ミルフィーユスターズの三人はライブまで三週間を切ったことから、最近はいつも以上に忙しく動いている。

対する俺はと言えば、間近に控えた個人的に嫌なイベントのせいで、少々憂鬱な気分に襲われていた。

「……どうすっかねぇ」

ソファーにだらしなく腰かけて、一枚のプリントを目の前で揺らす。

学校から配られたこのプリントには、〝三者面談のお知らせ〟と書かれていた。

その名の通り、親と教師と生徒の三人で成績や学校での生活態度、進路などについて話し合う。

さて、ここで一つ問題があった。

俺には、三者面談に来てくれるような親がいない。

母親はどこにいるか分からないし、親父《おやじ》は仕事で忙しい。

そもそも親父の下を半ば家出のような形で出てきてしまっているので、今更面談に来てくれと頼むのは気が引けた。

というか、正直来てほしいとすら思っていない。

少なからず俺は親父のことを憎んでいるし、親父も家を継がなかった俺を許しはしないだろう。

「まーたクラスで俺だけ二者面談か。まあいいけど」

〝三者面談のお知らせ〟を折りたたみ、ゴミ箱へと投げ入れる。

親の都合がつかなかった生徒は、教師と一対一で話し合うことになっていた。

うちの学校では一学期が終わろうとしているこの時期に、毎年三者面談を行っている。

当然のように去年も俺一人で面談を受けた。そしておそらく、来年も。

憂鬱な気分を引きずりつつ、スマホの画面をつける。

時刻は二十三時。そろそろ寝てもいい頃合いだ。

玲は番組の打ち上げだか何だかで飯を食べてきたらしく、今日は学校以外では顔を合わせていない。

それはそれで調子の狂う要因になっているのだろう。

今まで二人で過ごす時間が多かったせいで、一人になると突然だらけてしまう。

(しっかりしねぇとな……ん？)

いよいよ寝ようと思い、ソファーを立ったその時。持っていたスマホが震え、アプリにメッセージが届いたことを俺に伝えてきた。

表示されている名前は、〝日鳥《ひどり》夏音《かのん》〟。

何気なくスマホのロックを解除し、メッセージの内容を見る。

『ねぇ、今からベランダ出てこれる？』

『まあいいけど』

こんな夜遅くに何の用だろう。

ちなみに伝え忘れていたが、このマンションにおいての俺たちの部屋の並びは、〝俺〟、〝カノン〟、〝レイ〟、〝ミア〟の順番になっている。

つまり俺がベランダに出れば――――。

「よっ、来たわね」

こうして、隣の部屋のベランダにいる彼女と話すことができる。

「何だよ、突然。今から寝ようと思ってたんだけどなぁ」

「いいじゃない、別に。こーんなに可愛《かわい》い女の子と夜遅くにお話できるのよ？」

「……興味ねぇなぁ」

「あんたそれでも男!?」

いや、俺も夜に女子と二人で話すような青春的シチュエーションに憧れないというわけではないが、相手がカノンでは気が乗らないというだけである。

んー、これでも語弊があるな。

カノンは美少女だ。

玲とミアの側にいても見劣りしないレベルの、超絶美少女。

ただ顔がよければドキドキするかと言われればそうではなく、何というかこう――――難しいな。

「うーん……あ、そうだ。お前とは男女の雰囲気にならないから、気楽に接していられるんだ」

「それでいいはずなのに何かめちゃくちゃムカつくんですけど!?」

玲やミアは、たまに男子高校生相手では身に余るレベルの〝女〟を出してくる。

しかしカノンはそれを意図的に抑えているようで、長年付き添った友人のような落ち着きをもたらしてくれるのだ。

「まあいいじゃねぇか。そんで、何で俺を呼んだんだよ」

「まあよくないんだけど……はぁ、別に。なんだか話したかっただけ」

「お前さ、意図的に男を勘違いさせるような言い回ししてないか？」

「あんたは勘違いしないでしょ？　あたしはレイと違って男を誑《たぶら》かしたりはしないわよ」

玲も別にそういうつもりがあって男を勘違いさせているわけではないと思うが――。

「あんたさ、レイとデートしたんでしょ？」

「ん？　ああ、まあな。知り合いから水族館のチケットを譲ってもらって、せっかくなら……と思って誘ったんだよ」

「あれから一週間経《た》つのに、あの子ずーっとその時の話ばっかりするのよ。相当楽しかったみたいね」

「……そうかい。ならよかった」

俺がいない場所でも楽しかったと言ってくれているなら、きっとそれは嘘偽《うそいつわ》りのない感情だろう。

初デートを捧《ささ》げた側としては、やはり安心する。

「……で、あんたらどこまで進んだの？」

「はっ、ふざけろ。進むものなんてねぇよ」

「えー、結構レイはその気なんじゃないかと思ってたけど」

――確かに、どことなくそんな気配は感じていた。

ただ恋愛的な好意とはまた別のような、そんな感覚がある。

特別な感情を向けられていることは間違いないのだが、それを抱くに至ったきっかけが俺には思いつかなかった。

「……ま、付き合うなら絶対にバレないようにしてよね。あんたらの巻き添えで仕事がなくなるのはごめんだし」

「そんなことにはならねぇから安心しろよ。俺だってお前たちの夢を守りたいと思ってる」

玲に対しても何度も言ってきたことだが、俺のせいでミルフィーユスターズの経歴に傷がつくなんてことがあったら、きっと一生後悔して引きずることになる。

だからたとえ玲から好意を寄せられようと、俺が彼女へ好意を寄せようと、男女の仲になる気はない。

「でもさ、もし裸で迫られたりなんかしたらさすがに揺らぐんじゃないの～？」

「そりゃそうだろ。俺のことを何だと思っているのか知らねぇけど、ただの男子高校生だぞ？」

「いや、そこは揺らがないで通してよ」

「裸で迫るところまで女にさせといて、恥はかかせられねぇだろ」

「……もしかして、りんたろーって結構経験豊富？」

「彼女いない歴年齢の童貞です」

「え!?　じゃあ今のかっこつけただけ!?」

二人で顔を見合わせ、今のやり取りをけらけらと笑う。

何だかんだ、カノンとも仲良くなったものだ。雰囲気は全く違うはずなのに、どことなく雪緒《ゆきお》と一緒にいる時間を思い起こさせる。

「――――で、改めて聞くぞ。どうして俺にメッセージを送ってきたんだ？」

「だから言ったじゃない。何となく話したい気分だったって」

「それなら俺である必要はなかっただろ。玲は……まあ寝てるかもしれねぇが、ミアならまだ起きてるはずだ」

「……あんた、浮気とか一発で気づくタイプでしょ」

「当たり前だ。伊達《だて》に学生生活顔色ばかり窺《うかが》って生きてないぞ」

「かっこ悪いわねぇ……」

カノンは一度顔を伏せると、苦笑いを浮かべて俺を見た。

「ねぇ、やっぱりそっちの部屋行ってもいい？」

「……仕方ねぇ。コーヒーくらいは出してやるよ」

カノンが部屋の中に戻ったのを確認して、俺も一度部屋の中に入る。

確かあいつの好みは、ミルク多めの砂糖少なめだったな――――。

やがて玄関を開けてやってきたカノンをソファーに座らせ、その前に淹《い》れたてのコーヒーを置く。

「ありがと……マジで気が利くわね、あんた。好みバッチリじゃない」

「俺は専業主夫を目指してんだ。これくらいできなきゃ話にならねぇよ」

「いや、普通はここまでしないんじゃない……？」

俺も自分のために淹れたコーヒーに口をつけながら、彼女の隣に腰掛ける。

改めて見てみると、ずいぶんと無防備な格好をしているな……。

ピンク色の少しサイズの大きなTシャツに、短パンの裾からシミ一つない太ももが露出している。いつも結んでいる髪は下ろしており、いつも以上に女性らしい。

「なぁに？　さすがに二人っきりだったら見惚《みと》れちゃった？」

「まあな。何だかいつもより大人しいし、カノンじゃないみたいだ」

「……あたしにだって、そういう時くらいあるわよ」

カノンは少し照れた様子を隠すように、マグカップに口をつけた。

「次のライブにね、ちょっとプレッシャーを感じてるの」

「は……？」

「今更って今思ったでしょ？　そうよ。今更なの」

彼女は俺と視線を合わさない。

冗談ではないからこそ、面と向かって話しづらいのだろう。

「言ってなかったけど、あたしの家って不動産屋ってだけで至って普通なのよ。レイのところはお金持ちだし、ミアの家だって実は母親が有名な女優だったりするし。あたしとは生まれも育ちも全然違うわ」

「そうだったのか……」

「二人とも、意味が分からないくらいのハイスペックでしょ。残念ながら、たまにあたしはついていけなくなることがあるのよねぇ」

何でもなさそうに語りつつ、言葉の端々から悔しさが滲《にじ》んでいる。

同じ立場にはいない俺ですら、カノンのその気持ちは理解できてしまった。

あいつら――特に身近にいてはっきりと感じ取れたのは玲《れい》の方だが、彼女は間違いなく化物だ。

メンタルの出来から体の造りまで、まるで普通の人間とは思えない。

「だとしても、俺から見ればお前も相当ハイスペックだけどな」

「そりゃそうよ。完璧美少女だもの」

「自信があるのかないのかどっちなんだよ……」

「あるけど、ないの。二人の足を引っ張りたくなくて必死に努力して、何とか食らいついてる。だけどたまに……疲れちゃうのよ」

「……そっか」

何故《なぜ》俺の下に来たのか、今ようやく分かった。

こんな話、本人たちに話せるわけがない。

今までは誰にも言わず、一人で抱え込んでいたのだろう。

「ねぇ、寄りかかってもいい？」

「駄目だ」

「男ならそこは一言『いいぞ』って言うところでしょ!?」

「俺が肩を貸すのは将来の妻だけだ。お前も俺の嫁にはなりたくねぇだろ」

「それはどうかしら？……と言いたいところだけど、あたしよりも女子力高い男と付き合うのは嫌ね」

ベランダで話していた時と同じように、彼女はけらけら笑う。

「あんたの隣って、妙に落ち着くわよね。アイドルってことを忘れられるっていうか」

「本来なら忘れちゃ駄目なんじゃないのか？」

「いいのよ。たまには。――――ねぇ、だから……五分でいいから貸してよ」

「……高くつくぞ」

俺は黙ってソファーに背中を預ける。

そしてカノンは、そんな俺の肩に頭を乗せた。

彼女の体重は引っ越しパーティーの際にソファーからベッドに運んだ時と変わらず、ずいぶんと軽い。

まあ、普段はピーチクパーチクうるさい鳥も、たまには休みたくなる時があるのだろう。

そのための止まり木になるくらいなら、別にいいかと思えた。

「あんたの肩はずいぶんと硬いわね……」

「悪いな。今度はクッションでも挟んでおくよ」

「それじゃ肩借りる意味ないじゃない。これでいいのよ。この硬さで」

この部屋には、静かな時間が流れていた。

会話はない。カノンが求めているものはそういうものじゃない。

専業主夫たる者、相手の求めているものを汲《く》み取って与えるべし。

そうしていれば、約束の時間は思っていたよりも早く訪れた。

「――五分って意外と短いのね」

カノンの頭が離れていく。

少しだけ凝ってしまった肩を回し、俺は彼女の顔を見た。

「さっきよりは幾分かマシな顔になったな」

「そう？　ま、確かに気分はよくなったわ」

体を伸ばしながら、カノンはソファーから立ち上がる。

俺の部屋に来た時の独特な暗さはどこかへ消え、いつも通りの彼女がそこにいた。

「ねぇ、またこうして肩貸してくれる？」

「次からは金を取るぞ」

「ケチ過ぎない？」

「冗談だ。五分だけならいつでもいいぞ。俺が許せるギリギリの範囲だ」

「あんたの定義もよく分からないわねぇ……じゃ、また疲れちゃったら来るわ。今日はその……ありがと」

そう告げて、カノンは玄関へ向かっていく。

俺は何となくその背中に声をかけていた。

「カノン……頑張れ」

「……あんたも不器用な奴《やつ》ね。言われなくても、限界までやってやるわ」

彼女は手をひらりと振って、部屋を後にした。

あいつの悩みを聞いた後じゃ、俺の三者面談の悩みなどちっぽけに見える。

残ったコーヒーを飲み干し、空のマグカップを指でゆらゆらと揺らした。

「あー、バカらしい。死ぬわけでもあるまいし」

三者面談が二者面談になろうが、この先の人生に支障があるとは限らない。

気楽に行こう。人生その程度で十分だ。

気づけば時刻は〇時を回っている。

俺は彼女の分のマグカップを持ち、流しへと持っていった。

今日はもう、俺も寝るとしよう。

◇◆◇

後日の放課後。

いよいよ三者面談当日がやってきた。

俺は廊下に置かれた椅子に腰かけ、一つ前の面談が終わるのを待つ。

親の都合が存在しない俺は周りのクラスメイトに比べて予定の融通が利くため、比較的後半の順番となった。

「あれ、俺の前は志藤《しどう》だったのか」

スマホをいじりながらしばらく待っていると、突然そんな声がかけられる。

顔を上げれば、そこには相変わらずのイケメンフェイスが立っていた。

「あ、柿原《かきはら》君……」

「祐介《ゆうすけ》でいいよ。もうクラスメイトになって三ヵ月近いんだからさ」

彼はそう言いながら、俺の隣の椅子に座る。

呼び捨てで呼べるほどの仲になった覚えはないのだが、ここで突っぱねるのも感じが悪いか。

俺は笑顔を張り付けて、こくりと頷《うなず》く。

「じゃあ俺のことも凛太郎《りんたろう》でいいよ」

「そう？　じゃあ遠慮なく呼ばせてもらうよ。……凛太郎も親御さんが来れなかった感じ？」

「ああ、そうだけど……祐介君もこの時間に面談が入ってるってことは――」

「そうなんだよ。うちの親は二人とも海外で働いててさ、母さんはデザイナーで、親父《おやじ》はベンチャー企業を経営してる。だから簡単には日本に戻ってこれないんだ」

――とんでもないハイスペック家族だな。

「ってことは、もしかして祐介君は一人暮らし？」

「ん？　ああ、そうだよ。高校に入ってからだけどね。中学までは母さんがまだ日本にいたから」

「そっか。大変じゃない？」

「そんな風に言ってきたのは凛太郎だけだなぁ。皆一人暮らしなんて羨ましいって言うんだよ。実際いいことばかりじゃないんだけどね」

そりゃ俺も一人暮らしですから、苦労は分かっているつもりですとも。

頭の中の俺が腕を組みながらうんうんと頷く。

「な、なあ……凛太郎」

突然、柿原はもじもじしながら視線を泳がし始める。

何か言いたいことがあるのに、恥ずかしくて口を開けない……そんな雰囲気。

「……どうしたんだい？」

「あ、そ、その……ちょっと相談があって」

「相談？」

「その……恋愛の、話……なんだけど」

何故俺に？　と聞きたいところだったが、俺は口を閉じた。

「恋愛？　俺なんかに相談役が務まるかなぁ」

「凛太郎はもう彼女がいるんだろ？　頼むよ、この待ち時間だけでもいいんだ」

「あ、あー……そうだね。確かにそうだった」

あぶねー、彼女がいないこと前提で話し始めちまうところだった。

騙《だま》してしまった罪悪感もあるし、まあ話を聞くくらいならいいだろう。

面倒くさいけど。

「役に立てるかどうかは分からないけど、とりあえず聞かせてくれるかな」

「そ、そうか……！　そ、その……実は、俺……梓《あずさ》のことが好きなんだっ！」

「一年生の頃に委員会が同じでさ……そこから仲良くなったんだけど、実はそれ以来ずっとあいつのことが好きなんだよ」

──うん、知ってた。

「……そっか」

〝実は〟というレベルじゃないと思うが。

つまるところ、本人にはあれだけ分かりやすい態度を取っている自覚はないのだろう。

意外と自分を省みることは少ないし、まあ分からない話ではない。

ただ隠しきれていると思っていることが少し滑稽なだけで。

「でも、梓は多分俺のことを仲のいい友達としか思っていないんだ。だから男として見られるにはどうしたらいいんだろうって……」

「うーん……」

おいおい、クソ難しいじゃないか。

実際は彼女なんていない俺には、この相談は重すぎる。

「男らしい姿を見せる、とか？」

「それは……やってるつもりなんだけどな」

そりゃそうだ。

柿原以上にモテる男を俺は知らないし、どんな時でもクラスの先頭に立てるこいつに男としての魅力がないはずがない。

「じゃあ――素直にデートに誘う、とかはどうだろう」

「そ、それは……さすがに緊張するな」

「今まで俺は祐介君が二階堂《にかいどう》さんを含めたいつもの四人でいるところしか見たことなかったからさ、あんまり二人きりで出かけたことはないんじゃないかと思って」

「……驚いたな、その通りだ。竜二《りゅうじ》と二人で出かけることはあっても、女子側と二人っきりになったことはないと思う」

「ならそれが意識させるチャンスなんじゃないかな。こっちから意識しているって姿勢を見せないと、まず恋愛的な雰囲気にならないと思う」

「確かに……」

俺の（でっちあげの）アドバイスを、柿原は真剣な表情で聞いている。

ちなみにこの戦法は、少しずるい手段だったりもする。

例えばこれで二人きりを断られた場合、まずもう脈はない。

故にこの時点で諦めることができる。

告白したわけじゃないから、ダメージも少ないはずだ。

もしデートが叶《かな》った場合、多少なりとも脈はあるということになる。

しかしそれが勘違いである場合も多大に存在するため、ここで焦ってはいけない。

まずは相手を女性として意識しているぞ、とアピールする。

それを相手が気持ち悪く思うならば、その時点で恋人になるのは絶望的だ。諦めるしかない。

とまあ、これが俺が適当に考えた理論である。

「二人きりで誘ってみる、か――ありがとう、凛太郎。挑戦してみるよ」

「お役に立てたなら何よりだ。頑張れ、祐介君」

傍《はた》から見ていてもお似合いの二人ではあるし、成就したらいいなぁと素直に思う。

それと数分程度でも相談に乗るために時間を使ったのだから、これが成就しないと損した気分になる。

どうか成就してくれ、俺の数分のために。

「――失礼しました」

ガラガラと扉が開く音が聞こえ、前のクラスメイトが教室を出ていく。

ちょうどいいタイミングだ。

「俺の番みたいだ。それじゃあ、祐介君」

「ああ、本当にありがとう、凛太郎」

「友達の悩みなんだし、当然さ」

俺は柿原に手を振って、入れ違いになるようにして教室に入った。

はー……しんど。

◇◆◇

「えー、志藤凛太郎君。まあ二者面談になってしまったわけだし、とりあえずは気楽によろしくね」

「はい。よろしくお願いします」

机を挟んで目の前に腰掛ける若い女性——春川百合《はるかわゆり》先生に向かって、俺は頭を下げた。

彼女こそがうちのクラスの担任であり、男子人気ナンバーワンの美人教師である。

「で、君の進路の話なんだけど……決めていることってある？」

「あー、そうですね。とりあえず大学に行くことは決めてます。やりたいことはまだ見つかってないですけど」

「分かる分かる。高校二年生じゃそんなもんだよねぇ。ぶっちゃけ本命は三年生だから、今はまあその程度の感覚でも十分だと思うよ」

話の分かる人だ。

彼女は美人だからという理由以外にも、生徒たちの気持ちに人一倍理解があるという部分で人気がある。

それでいて不真面目過ぎないメリハリのある空気感を出してくれるため、かなり理想の教師像と言えた。

「志藤君は成績もいいし、結構勉強はしっかりしているタイプだよね」

「そうですね。一人暮らしをするために、父親から良い成績をキープするよう言われてまして」

これは本当。

あの親父とて子供の一人暮らしは心配なようで、別れ際にそんな条件を言い渡されていた。

まあ実際のところ、優秀な自分の遺伝子を継いだ男が下手な成績を取ることが許せないだけかもしれないが。

「一人暮らしかぁ……高校生の身じゃ大変でしょう？　ちゃんとご飯食べてる？」

「何だか母親みたいなこと言いますね……」

「私だってもう親になれる歳《とし》ですもの。実家からは『結婚はまだかー！』って月に一回電話が来てもううんざり」

春川先生は、確か今年で二十六歳。きっと大人にしか分からない苦労を日々感じているのだろう。

んー……ただどうでもいい話だなぁ。

「でも肌のハリはいいし、問題はなさそうね。私なんてもうシミの心配ばかりしてるのに……」

「あはは」

うん、この話こそクソどうでもいい。

「えーっと、あとは……あ、そうそう！　志藤《しどう》君は行きたい大学とかあるの？」

「んー……可能なら国立で、文系狙いってところですかね」

進学校に片足を突っ込んでいるこの学校なら、偏差値が高めの国公立大学でも現実的に目指せるはずだ。

「うんうん。君の成績なら目指せる範囲は広いだろうしね。偏差値を上げたかったら三年生で結構頑張らないといけないかもしれないけど」

「そこは理解しています」

「なら問題なし。一人暮らししているだけあって、考え方はしっかりしてるね」

春川先生は手元のファイルに俺の情報を書き込むと、それをぱたりと閉じた。

「はい、じゃあ二者面談終わり。気を付けて帰ってね」

「ありがとうございました。失礼します」

「あ！　帰りに外で待ってる柿原《かきはら》君を呼んでおいてね！」

「分かりました」

スムーズに終わったことに感謝しながら、俺は教室から出る。

それに気づいた柿原が顔を上げたため、教室に入るよう指で指示を送った。

少し緊張の面持ちになった彼は、そのまま教室へと入っていく。


さて、部活にも入っていない俺がこれ以上学校にいる意味はない。

鞄《かばん》を背負い直し、校門へ向かって歩き出す。

――その途中。

廊下の向こうから、見覚えのある金髪が歩いてきている姿が見えた。

我らがアイドル、乙咲玲《おとさきれい》である。

そしてその隣には、仕立てのいいスーツを着た背の高い黒髪の男が並んで歩いていた。

ずくりと頭に痛みが走り、思い出さないようにしていた幼少期の記憶が突然甦《よみがえ》る。


そうだ、あの男はどこかで――――。

「あ……凜太郎《りんたろう》」

俺に気づいた玲が、そうつぶやく。

するとぴくりと隣の男性の眉が動き、俺へと視線を送ってきた。

「あれ、乙咲さん……三者面談今日だったの？」

「え？　あ、うん、そう。柿原君の次」

玲のやつ、猫かぶりモードになった俺に一瞬たじろいだな。

「む、君は玲のクラスメイトかい？」

「はい、志藤凜太郎と言います」

「……志藤？」

男性は俺の名前を聞いた途端、顎に手を当てて考え込む様子を見せる。

そんな彼の思考を邪魔したのは、隣に立っていた玲であった。

「お父さん、早く教室前に行かないと」

お父さん——そうか、この人が玲の父親か。

髪色は違うが、端整な顔立ちはどことなく彼女に引き継がれているような気がする。

「ああ、会社を出るのが少し遅れてしまったんだった。すまないね、志藤君。挨拶も雑になってしまって」

「いえ、お気になさらず」

「そうか、では失礼するよ」

忙しそうな人だ。

玲とその父親は、俺の横を通り抜けて春川先生が待っている教室へと向かっていく。

これ以上眺めていても仕方がない。

俺も彼らに背を向け、歩みを再開した。

「――――なあ、志藤君」

突然呼び止められ、俺は思わず振り返る。

「君、どこかで会ったことないか？」

「……気のせいじゃないでしょうか」

「……そうか。すまない、変なことを聞いたね」

最後にそう告げて、二人は廊下を曲がって姿を消す。

心臓が早鐘を打っていた。

頭の中を中身のない嫌な感情が駆け回り、冷や汗が滲《にじ》む。

やがて浮かんできたのは、母親と親父《おやじ》の顔。

「くそっ……最悪の気分だ」

俺は誰もいない廊下で悪態をつき、嫌な感情を振り払うべく歩き出した。

◇◆◇

がやがやと喧騒《けんそう》が激しいパーティー会場に、俺は立っていた。

ああ、またこの夢か――――。

そう思いながら、この前と同じ光景をただ眺める。

父親同士の会話。

俺と少女の小さな悪事。

それが終わったところで、この夢は終わる。

そして意識が覚醒してきた頃には、再び忘れてしまっているのだ。


「――ろう――――凜太郎！」

名前を呼ばれた気がして、俺はゆっくりと目を開ける。

まず金色のカーテンが見えた。そしてすぐにそれが彼女の髪であることに気づく。

「玲……？」

「ただいま。大丈夫？」

「え、あ、ああ……」

どうやら帰宅してすぐにソファーで寝てしまっていたらしい。

制服のまま寝ていたせいか、少し皺《しわ》ができていた。

「あとでアイロンをかけねぇとな……って、悪い、今何時だ？」

「十九時くらい」

「あー……悪い、飯が用意できなかった。まだ待てるか？　うどんかパスタでよければ作れるから」

「それならうどんがいい。正直……私も今日はそこまで食欲がない」

「……そっか」

玲の表情はどこか浮かない。

三者面談で何かあったのかもしれないな。

「じゃあ少し待っててくれ。十五分くらいでできるから」

「分かった。いつもありがとう」

「そういう約束だしな。気にするな」

立ち上がり、キッチンへ向かう。

冷凍うどんを二つ取り出し、茹《ゆ》でて解凍しながらめんつゆベースのスープを作った。

少し焼いたネギと油揚げを乗せて、ひとまず完成。

ソファーに座る玲の目の前にどんぶりを置き、箸を添えた。

「できたぞ」

「すごくいい匂い」

「もし足りないようなら言ってくれ。うどんはまだあるから」

「分かった。いただきます」

俺も彼女の隣に座り、器を持ってうどんをすする。

うん、落ち着く味だ。

ネギはほどよく芳《こう》ばしく、油揚げは一口噛《か》むごとに汁がじわりと滲み出てくる。

美味《うま》い美味いと騒ぐほどではないが、優しい味のおかげで徐々に心は落ち着きを取り戻してきた。

食事を終えた俺たちは、ソファーに並んでテレビを見始める。

別に見たい番組があったわけではない。

何となしに間を持たせるため、適当につけただけだ。

画面の中には、若いながらもスタジオを沸かせる芸人が映っている。

最近この人よく見るな——なんて思いつつ、ちらりと横目で玲の顔を確認した。

「食欲がないのは……この前言ってた悩みごと関係か？」

「ん……どうして分かったの？」

「別に、ただの勘だよ。でもお前が思い詰めているところなんてほとんど見たことないから、そうなんじゃないかって思ったんだ」

「……大正解」

ため息が漏れる。

それなら、俺にどうにかできる話ではない。

あのデートの時、俺にそれを手助けすることは不可能とはっきり告げられたからだ。

「お父さんが、次のライブを見に来るの」

「……へぇ」

「お父さんは、私のアイドル活動にずっと反対している。できることなら辞めさせたいって、ずっと言っている」

玲は顔を伏せ、太ももの上で指を組む。

今の話を聞いて、俺の中には一つの疑問が浮かび上がった。

「娘の一人暮らしを許すような人が、アイドル活動には反対するのか……？　普通は先にそっちを止めると思うんだが」

「アイドルでいる間は、色々自由にさせてもらう契約」

「契約……？」

到底親子の間に交わされるものではないような気がしたが、口ぶりからして、そう形容するしかない約束だったのだろう。

「契約の内容は二つ。まずは一年以内に私をスカウトしてくれた事務所からメジャーデビューすること。そして、二年以内に両親がライブを見に来るから、そのタイミングで完璧なパフォーマンスを見せること。それがクリアできれば、もう私の活動に口出しはしないって」

「……要は安心させろってことか」

「うん……でも今度のライブで私が失敗して恥をかくようなことがあれば、契約は不成立。きっともうアイドル活動を許してもらえなくなる。そうしたらもう、二度と夢は見られなくなるかもしれない。そうなるのが……すごく怖い」

玲は、カノンとはまた違うプレッシャーを抱えていたようだ。

こう言ってはなんだが、アイドル活動に反対する父親の気持ちというのは少し分かる。アイドルは危険な犯罪に巻き込まれる可能性も高いし、今のご時世だと謂《いわ》れのない噂《うわさ》で炎上して、人生が終わってしまうこともある。

そんな世界で生きていく娘を心配しないわけがない。

「今までのライブも、プレッシャーはすごく感じてた。でも、今回はまた一味違う。目の前でお父さんに見られると思ったら……この先の人生が決まると思ったら、まだ二週間近く時間があるのに……緊張している」

「失敗……できねぇもんな」

俺の言葉に、玲《れい》は力なく頷《うなず》いた。

確かに、こんな問題は俺にはどうすることもできない。

解決するためには玲がこのプレッシャーを乗り越え、ライブを成功させるしかないのだ。

「俺にはそういうプレッシャーを感じるようなシチュエーションがよく分からないが……いつも通りの玲なら失敗するようなことはないと思うぞ」

「いつも通りの、私……」

「まあそれが難しいことだってのは分かるけどな。俺にできることと言えば、せめてお前の日常くらいはいつも通りに保ってやることだけだ」

作る飯や、普段の接し方。それらすべてに特別な意味を持たせない。

せめて生活面だけでもプレッシャーを感じずに済むようにする。

どれだけ努力しても、俺にできることはその程度だ。

「ううん。それで十分。結局は自分でどうにかしないといけないって、私が一番よく分かっているから。だけどそうやって気を使ってもらえるだけで、とても嬉《うれ》しい」

「……そうか」

気の利いた言葉など、何一つ思いつきやしない。

ライブまであと二週間。

俺はただ、玲たちの二周年ライブが成功するのを祈ることしかできない。

◇◆◇

玲が部屋に戻って、時刻は二十三時半と言ったところ。
明日は土曜日の休日であるため、早く寝なければならないという焦りはない。
ただ午後からはまた優月《ゆづき》先生の下で単行本に収録される短編の作業があるのだが
――。

「俺にできること、か」
制服にアイロンをかけながら、そんな言葉をつぶやく。
小さい頃は、テレビ画面で活躍するヒーローのように何でもできる気がしていた。
万能感というやつだ。
しかし今となっては、そんなものはとうに失っている。
現実を知り、限界を知った。
カノンの悩みも、柿原《かきはら》の悩みも、玲の悩みも、どれも俺の手には余るもの。
そして俺の悩みもまた、彼らにはどうすることもできないものであるはずだ。
そういう時は、もはや首を突っ込むことだけが正義じゃない。
首を突っ込んだ結果解決できなかったなら、それはきっとお互いが苦しい思いをするだけだ。

「……はぁ」

一つ、大きなため息が口から漏れた。

それと同時に、スマホの画面にメッセージの通知が届く。

何となくデジャヴを感じつつ確認してみれば、そこには〝宇川美亜《うがわみあ》〟の名前があった。

『今からそっちの部屋にお邪魔できないかな？　少し話がしたい』

本当にデジャヴだった――――。

俺はメッセージに既読をつけ、フリックして文字を打つ。

カノンのことは受け入れておいて、ミアのことは突っぱねるなんてことはさすがにできない。

『分かった。玄関は開けとく』

『ありがとう。すぐ行くから』

数十秒と待たずにそんな返信があって、メッセージアプリでのやり取りは終わった。

俺は玄関に向かい、鍵を開ける。

そしてその足でキッチンまで戻り、カノンの時と同じようにコーヒーの準備を始めた。

好みの味は俺と同じで、ブラックだったはず。

やはりどことなくミアには親近感を覚えるんだよなぁ……。

　間もなくがちゃりと扉の開く音がして、ミアがリビングに現れる。

「やあ、夜遅くにごめんね？」

「明日は休みだし、別にいいよ。それよりコーヒーはブラックだったよな？」

「うん。そのままが一番好きなんだよね」

　ソファーに座ることを促し、その目の前にコーヒーを置く。

　いただきますと一言告げた彼女は、マグカップに口をつけた。

「本当に美味《おい》しく淹れるよね、君は」

「元々コーヒーが好きなんだよ。だから毎日自分で淹れて、今では料理と同じくらい自信があるぞ」

「継続は力なりって言うもんね。ボクも自分で淹れられるようになってみようかな……」

　ミアは嬉しそうにコーヒーに口をつける。

　喜んでもらえるのは光栄だが、まさかコーヒー談議をするために来たわけじゃないだろう。

「それで、どうしたんだよ。遅くに男の部屋を訪ねるくらい大事な話でもあるのか？」

「ああ、うん……大事かどうかは分からないんだけどさ」

　彼女は少し目を泳がせながら、マグカップをテーブルへと置き直す。

「最近、レイとカノンにおかしなところはないかい？」

「……どういう意味だ？」

「うーんと、少し難しいかな。何か普段とは違う態度とか、そういうものが見えたりしない？」

なるほど、こいつは悩んでいる二人の様子が気になって、こうして聞き込みに来たわけか。

「プライバシーを重視して詳しくは言わねぇけど、二人とも結構悩んでることがあるみたいだぜ。カノンに至っては、この前このくらいの時間に話がしたいって連絡してきたくらいだ」

「そうなんだ。りんたろーくんはモテモテだねぇ」

「どーも」

「むー、君の反応はからかい甲斐《がい》がないなぁ。もっと激しいリアクションを期待してたんだけれど」

「そういうのをお求めなら、それこそカノンのところへ行け。そしてそのままあいつの悩みを聞いてこい」

「聞く必要はないさ。きっとボクやレイに劣等感を感じているとか、そういう話でしょ？」

思わず、コーヒーを飲もうとしていた手を止めてしまった。

　これが彼女の言葉が合っていると証明するようなものだと気づいた時には、もう遅い。

「やっぱりね。……安心して。別に君が分かりやすかったとかそういうのじゃなくて、一年くらい前からそういう兆候が見えていただけの話だよ」

「ずっと気づいていたわけか」

「まあ、チームメイトのことだしね。レイも何となくは気づいているんじゃないかな」

「じゃあ、そんなカノンの悩みに対してどう思うんだ？」

「別に、どうも思わないよ。だって酷《ひど》くくだらないんだもの」

　ミアはどこまでもあっさりと、カノンの悩みをくだらないものと断言した。

　思わず言葉を失う俺に対し、彼女は言葉を続ける。

「カノンはね、自分が思っているより才能に溢《あふ》れた子なんだよ。ボクらについて行くのがやっとだなんて感じているかもしれないけれど、それはボクから見ても同じことさ。レイとカノンに置いて行かれないよう、足を引っ張らないよう、努力を欠かした日は一度もない。──きっと、ボクらは例外なく同じ悩みを抱えているんだと思うよ」

「……なるほどな。そういう意味でのくだらないか」

　カノンの悩みは、ある種杞憂《きゆう》ということになる。

　本当に、いいグループだ。

　メンバーがメンバーを見下しているような様子もなければ、傍《はた》から見ても格差ができているわけじゃない。

三人だからいい。三人じゃなければならない。そう言わせるほどのバランス。

それぞれの魅力と才能が、ミルフィーユのように重なり合う。

故に〝ミルフィーユスターズ〟とはよく言ったものである。

「分からないのは、レイの方なんだ。確かにボクらでもライブ前に少しひりつくようなことはあるけれど、最近の彼女はいつも以上に気負っているというか……」

そっちの事情は聞いていないらしい。

この話に関して、玲は特に秘密にしているような様子はなかった。

俺にはできないが、ミアなら近くで彼女を支えてくれるかもしれない――――。

「さっき少しだけ話を聞いた」次のライブに父親が来るんだとさ」

「ああ、なるほどね。レイのお父さんは「アイドル活動に反対しているからなぁ……プレッシャーに感じるのも仕方ないか。今だってお母さんの方がお父さんを説得してくれたから続けられているらしいしね」

「へぇ……」

「まあ危険も多い仕事だし、仕方ない部分はあるよ」

ミアはそこで言葉を止め、少しだけぬるくなったコーヒーを一口、二口と飲み込む。

そしてどこかホッとした様子で息を吐いた。

「ありがとう、りんたろーくん。おかげで悩んでいたことが少し改善されたよ」

「どういたしまして。お前もずいぶんと仲間想《おも》いなんだな」

「それはそうだよ。ボクらは三人で一つ。誰かが欠けたらミルフィーユスターズは消えてなくなる――ってくらいの心意気でやっているからね」

言葉の端を冗談めかして明るく言い放ったが、ミアのこの言葉は本心であるように感じた。

一番ミルフィーユスターズのことを考えているのは、彼女なのかもしれない。

「ねぇ、りんたろーくんはどうしてボクらに対して尽くしてくれるの？」

「は？」

「だって普通こんな風に親身になって人の悩みなんて聞かないよ。長年連れ添ったような夫婦ならともかく、ボクらは精々一ヵ月ない程度の付き合いでしょう？　話を聞かされるだけ迷惑なんじゃないかなって」

「……迷惑とか、そういうのはねぇけど」

自分の中にある考えをまとめるため、俺もコーヒーを一口含む。

ようやくまとまったタイミングでマグカップを置き、再び口を開いた。

「ずっと忘れてたんだけどさ……俺、小さい頃は人を笑顔にする何かになりたかったんだよ」

「誰かを助けて笑顔にするヒーローとか、医者とか……それこそ笑わせるって意味でお笑い芸人とか。とにかくたくさんの人の笑顔が見たいっていう、こっ恥《ぱ》ずかしい夢があった」

「何か？」

挫折したのは、それこそ母親が家から出て行った時。

俺が酷く現実的なことを考えるようになったのは、まさしくあの日がきっかけだ。

「でも小学校を卒業する前に、それは無理だと理解した。俺には多くの人を笑顔にする力なんてなかった。一番近くにいたはずの人間が苦しんでいる時ですら、俺には何もできなかったんだからな」

「……」

「だからステージに立って観客を沸かしているお前たちに、ちょっとばかし憧れてるんだ。昔の夢を見ているって言い換えることもできるかな。とにかく、俺にできないことをやっているお前たちを尊敬してんだよ」

だから助けになりたい。

そう思った。

「もちろん玲《れい》との契約があること前提だけどな。あれがなかったらお前らのことはよく知らないままだったし、きっとここまで尊敬の念は抱かなかっただろうよ」

「ふふっ、最初はファンじゃなかったしね」

「はっ、そうだったな」

玲に連れられてファンタジスタ芸能のスタジオを訪れたのが、つい昨日のことに思える。

ミアとカノンとの関係は、あの日から始まったんだ。

「俺が支えることで玲の――――ミルフィーユスターズの役に立てるなら、昔の俺が少しは報われるかもしれない。そう思ったんだよ」

「……なるほどね。よく分かったよ」

ミアは残ったコーヒーを飲み干し、立ち上がる。

「コーヒーが冷めるまで長居して申し訳なかったね。ボクはそろそろ帰るよ」

「そっか。少しは悩みが改善したようでよかったよ」

梅雨だからか、悩む人間が増えているような印象を受ける。

本当なら玲の悩みを一番に助けてやりたいのだが、そう人生は上手《うま》くはいかないようだ。

「あ、そうだ。最後に言っておきたいんだけど」

「ん……？」

「君も十分誰かを笑顔にしているよ。レイやカノン……それこそ、このボクをね」

彼女は悪戯《いたずら》な笑みを浮かべて、俺に背を向ける。

「じゃあね、りんたろーくん」

「っ……！　ミア！　その……ありがとな」

「ふふっ、どういたしまして」

おやすみ――。

そう言い残し、ミアは俺の部屋を後にする。

一人残された俺は、脱力して天井を見上げた。

心が報われたような、救われたような、そんな感覚に包まれる。

しかし唯一引っかかること、それはやはり玲のことだった。

「手伝えることは、何もない……か」

分かっている。家族のことにまで首を突っ込めるような関係じゃないことくらい。

部外者が何かを訴えようとしたところで、相手側からすれば聞く義理がないのだから。


だとしても、だとしてもだ。


本当にそれでいいのだろうかと、ただ漠然とした思いが俺の中に渦巻き始める。

何かまだ、できることがあるような気がするんだ。

第八章 その視線は

――結局、玲のためにできることは何一つ思い浮かばなかった。

いつも通り飯を作って、一緒にくつろぎながらテレビを見て。

俺ができることは何も変わらないのに、彼女の雰囲気はどんどん張り詰めていく。

それはミアもカノンも同じだった。

近くに立つだけで肌がひりつく気がするくらい、三人はライブに向かって気持ちを作り始めている。

（まるで試合前のボクサーみたいだ……）

俺の部屋で俺の淹《い》れたコーヒーを飲みながら、玲はテレビの画面をギラついた目でじっと見つめていた。

映っているのは、おそらく今日撮ったであろうスタジオリハーサルの映像。

俺に見せてくれた時のものとは違い、衣装交換の時間などもちゃんと作っている。

ライブの日は、明後日《あさって》。七夕となる七月七日。

彼女たちは明日リハーサルのために会場入りし、近くのホテルで前日の夜を過ごす。

ライブ前に会えるのは、この時間が最後かもしれない。

「凛太郎《りんたろう》、この映像の中で変なところってあった？」

「俺に聞くなよ……別に、前の時と同じですげぇなって思った」

「……そう」

玲は手元に手帳を開いている。

映像を見て改善すべきポイントを書き出すために持っているんだろうけど、いまだにペンは一度も動いていない。

これは玲が怠けているわけではなく、純粋に改善ポイントが見つからないから止まっているのだ。

それだけパフォーマンスは完成されている。これ以上工夫のしようがないくらいに。

ただ――――。

「強いて言うなら……顔、かな」

「顔？」

「ああ。この前俺の目の前で見せてくれた時より、表情が硬い気がする」

必死というか、何というか。

今までのテレビ番組やライブ映像と比べても、ほんの少し違和感があるといった程度。

むしろ俺の気のせいと言われた方が納得できるくらいの、確証のない差。

「多分、凛太郎の指摘は正しい」

「……そうか。まあ、仕方ねぇと思うぞ」

「うん……」

父親が見に来るというプレッシャー。それが想像以上に玲の中で膨らんでいるに違いない。

これればかりは気の持ちようだ。周りがどうこう言える話でもない。

「やれることは、全部やったのか？」

「……うん」

「そっか」

俺のような一般人から言えることは、もう何もない。

あとはプロである彼女が、どこまで本番に集中できるか。

「凛太郎……ちゃんと見ててくれる？」

「お前が用意してくれた特別席があるからな。ちゃんと見させてもらうよ」

俺がそう告げれば、玲は立ち上がって目の前に立つ。

「ありがとう。あなたが見ていてくれるなら……私はきっと最後まで前を向いていられるから」

玲はふにゃりと笑い、うちのリビングを後にした。

俺はソファーに腰かけたまま、テレビの電源を消す。

「……へったくそな笑顔見せやがって」

アイドルらしくない、強がりだと分かる笑顔だった。

玲のメンタルは正常じゃない。

体に染みついた動きというのはそう簡単に消えるものではないし、本番でどれだけ緊張しようと彼女の体は自然と動くだろう。

ただ、それだけでトップアイドルが務まるだろうか。

やはり、妙な胸騒ぎがする。

（俺がソワソワしてどうすんだよ……）

いつの間にか揺すっていた足を無理やり止め、ポケットからスマホを取り出す。

時間は少し遅いが、あいつならまだ起きていてくれるかもしれない。

メッセージアプリを開き、俺はたった一人の親友へと通話をかけた。

『――――もしもし？　どうしたの、こんな時間に』

「悪いな。ちょっとお前の声が聴きたくなった」

『ふぇ!?　な、何……本当にどうしちゃったの？』

スマホの向こうから、慌てた様子の稲葉《いなば》雪緒《ゆきお》の声がする。

不思議な気分だ。

毎日学校で聞いている雪緒の声も、機械を通すだけで何だか新鮮に感じる。

『……何かあった？』

「どうしてそう思う？」

『凛太郎が電話してくるってことは、面と向かって話しにくいことがあるんじゃないかなーって。悩みとかがあるなら、可能な限り相談に乗るけど』

「お前は俺のことに関しては何でもお見通しだな。惚《ほ》れ惚《ぼ》れするよ」

『そ、そう？　えへへ』

男の「えへへ」なんて気持ち悪いだけだと思っていたが、こと雪緒に関しては不快じゃない。

それもまた不思議に思いつつ――――。

「悩んではいるけど、正直大したことじゃないんだ。そもそも俺の問題じゃないっていうかさ」

『そうなの？』

「ああ。友達……？　うん、友達。友達が悩んでてさ、何とか助けになりたいんだけど、なぁんにもその方法が思いつかねぇんだよ」

『まず君がその相手を友達って呼んでいることにびっくりだよ。君の中じゃほとんどの人が知り合いかクラスメイトじゃないか』

確かに俺は他人のことをあんまり友達とは定義しないけども。

「まあそこはいいじゃねぇか。ちょっと放って置けない相手なんだよ」

『ふーん……それで、どんな悩みなの？』

「えっと……そいつはとにかく有名になろうとしていて、そのための努力も重ねて結構名の知れた人間になった」

『うんうん』

「けどそいつの親父《おやじ》さんはそのことをあんまり良く思ってなくて、できれば控えてほしいと思っている」

『有名になると危険も伴うからね。気持ちは分かるよ』

「で、今度父親の前で有名になるために培ったすべての芸を見せようとしているんだけど、そのことが普段以上のプレッシャーになって本番が上手く行かないかもしれない」

『なるほど……ということは、凛太郎はその人に父親の前で本来の実力を発揮してほしいんだね？』

「そういうことだ。でもその方法が思いつかない」

雪緒は俺の知る中では一番の聞き上手と言っていい男だ。

俺の言いたいことを一回聞いただけでほぼ完璧に理解してくれるし、解釈違いも起こさない。

　そして詳しくは話せないという俺の事情も汲《く》み取ってくれる。

　こういうところが、相談相手として非常に頼もしい。

『うーん、でもそれは本人がどうにかするしかないんじゃないかな』

「……正論だな。けど俺の欲しい答えじゃない」

『分かっているよ。君も同じ結論なんだろう？　凛太郎は、第三者としてできることが知りたいんだ』

　その通り。だけどそれが思いつかない。

『……申し訳ないけど、僕も答えは出せそうにない。ただ、一つだけ言えることがある』

「聞かせてくれるか？」

『うん。それは――――君だけは不安な顔をしないことだよ』

　不安な、顔？

『理論めいたことは存在しないけど、不安は伝染すると思うんだ。実際にその人の芸が上手《うま》く行かなかった時、君が近くにいるならきっと縋《すが》りたくなる。その時に君すらも不安な顔をしていれば、完全に心が折れてしまうよ』

「……なるほどな」

　例えば、高校野球の試合で監督が不安そうな顔をしていれば、教え子たちはきっと何を信じていいか分からなくなるだろう。

それまでどれだけの努力を重ねていたとしても、その努力の方向性を示した監督という標識が間違っているかもしれないのなら、重ねてきた土台すべてが信じられなくなってしまうんじゃないだろうか。

そんな状態で、果たして満足に戦えるか――――実際にスポーツに打ち込んだことがない俺には分からない。

この考えは間違っているかもしれないし、そもそも俺は玲《れい》の監督ではない。

それでも一つだけ確かなことは、俺が不安そうにしていて良いことなど一つもないということだ。

「ありがとうな、雪緒。助かったわ」

『何かの参考になったのならよかったよ。君から相談を受けるのも何だか新鮮で楽しかったしね』

「俺が弱音を吐く奴《やつ》なんてお前くらいしか思い当たらねぇよ。本当に助かった」

『――――そっか。そうなんだね』

「ん？　どうした？」

『ううん、何でもないよ。凛太郎の心配するその人、上手くいくといいね』

「ああ、そうだな」

『それじゃあおやすみ、凛太郎』

「おう、おやすみ」

耳からスマホを離し、通話を切る。

最後の方になって突然声色が明るくなった雪緒だったが、とりあえずは迷惑ではなかったようで安心した。

不安な顔をしない。

簡単なことかもしれないが、とても大事なことであるような気がする。

玲に俺の方を見る余裕がなかったとしても、俺だけは玲を信じて見つめ続けよう。

〝お前は大丈夫〟という意味を込めて――――。

◇◆◇

そして、ライブ当日。

今回ミルフィーユスターズが使う会場は、日本武道館よりは小さいものの、規模としては国内でも有数の大きさだ。

観客席は上段、下段の二段構造。

ステージから遠い観客は、上部に設置された巨大モニターに映し出される彼女らの姿を見てある程度の視界的ハンデを補う。

「マジで広いな……」

俺は二段席よりもさらに高い位置から、会場全体を見下ろした。

ここが玲の用意してくれた特別席。

二段席よりも高く遮る物がない位置にあり、ステージ全体が見渡せる。

席に腰を落としつつちらりと横へ視線をずらせば、すでに数人の人間が特別席に腰かけていた。

皆、あの三人の関係者だろう。

そしてここで、頭からすっかりと抜けていた一つの問題が俺の前に立ちはだかった。

「あ……」

「む、君は確か……志藤《しどう》君だったか」

俺の隣に、仕立てのいいスーツを身にまとった男性が座る。

そう、玲の父親だ。

「き、奇遇ですね！　こんな場所で」

「取り繕わなくていい。玲から事情は聞いている。……ずいぶんと世話になっているようだね」

「あ、あははは、いえいえ、世話してもらっているのはむしろ俺の方でして。あははは……」

玲、話を通してあるなら先に言ってくれ。

心構えができてなかったせいでめちゃくちゃな空気にしちまったじゃねぇか。

「君には一つ聞いておきたいことがあったのだよ。万に一つもないと思うが、まさかうちの娘に手を出したりはしていないだろうね？」

「そんなまさか！　俺なんて世話役でしかないですし、男として見られてすらいませんから！」

「ふむ……ならいいんだが」

ちくしょう、偉そうにしやがって。まあ少なくとも俺よりは偉いんだけども。

憎まれ口を叩《たた》くわけにもいかず、俺はとにかくここをやり過ごすために愛想笑いを浮かべる。

「――あら、あなた？　そちらの方はどなたかしら？」

その時、乙咲《おとさき》さんの向こう側に一人の女性が現れた。

ウェーブのかかった美しい金髪。赤いドレスは胸元が開いており、はっきりとした谷間が強調されている。顔には皺《しわ》ひとつなく、綺麗《きれい》な青い目はどこまでも澄んでいた。

「ああ、玲の連絡にあった志藤君だ」

「まあ！　そうだったのね。初めまして、私は乙咲莉々亞《りりあ》と申します。玲の母です」

あ、漢字にするとこう書くのよ？　なんて言いながら教えてくれた彼女の名前は、分かりやすい当て字がなされていた。

見るからに莉々亞さんは外国人。

確か海外の人と夫婦になった際、通称名という名前を名乗ることが許されていたはず。

故に名前で浮きすぎないよう、日本に寄せたものを名乗っているのだろう。

――というか、それにしても若すぎないだろうか？

二十代と言われても納得してしまうほどに肌に張りがあるのだが、最低でも四十代手前でなければ玲の母を名乗ることは難しいはず。

これが美魔女というやつだろうか？　この人の周りだけ時が止まっているみたいだ。

「あ……こちらこそ初めまして、志藤凜太郎《りんたろう》です」

「そうそう、凜太郎君だったわね。いつもうちの子のお世話をしてくれてありがとう。私も夫も普段は仕事で家にも帰ることができないから、あなたのような子がいてくれてすごく安心だわ」

厳格そうな父親とは違い、どことなく不思議でふわふわした人だ。

見た目もそうなのだが、玲と血が繋《つな》がっていると言われて一番納得できるのはこの人かもしれない。

「今日はね、ようやくあの子の晴れ姿を見に来れたの。これまでずーっと仕事続きで来てあげられなかったから、本当に初めてなのよ？　仕事を詰めて詰めて何とか一日空けられたの」

「そ、そうですか」

うーん、本当にこの人の喋《しゃべ》るペースは独特だ。

悪い人ではないことは第一声で分かるが、こちらの距離感に対してお構いなしに喋るため、かなり体力を持っていかれる予感がする。

「あ、そう言えば！　乙咲さ――ああ、これじゃややこしいですね。玲さんもご両親が見に来るってことでかなり張り切っていましたよ。多分来てくれるのがすごく嬉《うれ》しかったんでしょうね」

「……志藤君、私たちの機嫌を取る必要はないよ。玲がそんな風に思わないことは、私たちが一番よく分かっているからね」

俺は思わず言葉に詰まる。

被《かぶ》っていた化けの皮を一瞬で剝がされたこともちろんだが、どちらかと言えばそう語る乙咲さんの厳しい表情に驚いてしまった。

「あの子は相当緊張しているはずだ。私から提示された理不尽な口約束を守らされ、一つのミスも許されない状況に立たされている。いくらここまで有名になったとは言え、普段感じるプレッシャーとは別物だろう。もちろん私としては、この場でミスを犯してくれた方がありがたいと思っている」

乙咲さんは会場を見下ろしつつ、そうはっきりと告げる。

言葉は強いが、娘を心配する父親の確かな想《おも》いが込められているように思えた。

「だったら……何故《なぜ》玲さんがアイドルになることを止めなかったんですか？　最初から無理やり止めることだってできたでしょう？」

「……妻に言われてな。一度は玲の自由にさせるべきだと」

乙咲さんは諦めたようにため息を吐《つ》く。

その隣では、やけに嬉しそうな莉々亞さんがニコニコと笑っていた。

「だってあの子、とっても可愛《かわい》いんだもの！　絶対アイドルにだってなれるって思ったわ！　志藤くんだってそう思ったでしょう？」

「そ、そうですね。学校でも人気者ですし」

「でもね、夫の気持ちも分かるのよ？　可愛すぎて悪い人たちにひどいことされてしまわないかすごく心配。できれば普通の女の子のままでいてほしかったのは確かなの……でもね？　ほとんど我儘《わがまま》を言わない子だったから、夢を語ってくれたのがすごく嬉しくてね？　つい夫に我儘言っちゃったわ」

初めての我儘、か。確かにそれは叶《かな》えてやりたくなる。

俺はこの二人と会話しながら、少しだけ安堵《あんど》していた。

二人共、玲のことを心の底から心配している。

変にこじれた考え方を持っているわけじゃなく、親としての責任をちゃんと持っている人たちだ。

しかし、だからこそ手強《てごわ》い。

どれだけアイドルとしての知名度が上がろうとも、それを喜ぶどころかむしろ心配を膨らませてしまう。

たとえここで玲が一度も失敗せずにライブを成功させたとしても、乙咲さんはこのまま引き下がってくれるのだろうか――。

（っ、だから……俺が弱気になってどうすんだって）

拳を握り、余計なことを考えないように努める。

乙咲さんだって一人の男だ。

娘との約束を破るようなことはしないはず。

「志藤君、君はどう思っているんだ？」

「え？」

「君は玲にアイドルを続けてほしいと思っているのか？」

「それは、まあ……」

「……君は今、生活費と引き換えに玲《れい》の世話をしていると聞いている。あの子がアイドル活動を辞めれば、君はかなり困るはずだ」

乙咲さんは冷たい目で俺を見ながら、そう告げてきた。


――――そうだ、こういう目だ。


あのクソ親父《おやじ》と同じ、試すような、見透かそうとしているような目。

そしてこの男は俺にこう問いかけている。

『玲がアイドルを辞めると自分が困るから、辞めてほしくないと思っているんじゃないか？』、と。

「そうですね。確かに引っ越しもしたばかりで、玲が今アイドルを辞めたら苦労することになると思います」

「……ならば、当面の生活費は私の方で面倒を見よう。だからあの子へ芸能活動を引退するよう説得してくれないだろうか？　自分の世話を任せるほどの立場にいる君であれば、玲も言うことを聞くかもしれないだろう」

魅力的な提案だ。

確かに玲のアイドルとしての収入は極めて多いが、その父親の収入はさらに多いだろうし、加えて安定している。

どちらの方が頼れるかなんて、誰がどう見ても明らかだ。

だけど――。

「あ、あなた！　もう始まるわ！」

「む……」

興奮した様子で莉々亞さんが乙咲さんの袖を引けば、会場を照らしていた照明がステージの上だけを残して消えていく。

残ったそのライトは、それぞれ彼女たちのイメージカラー。

そして照らされたステージの上に、〝ミルフィーユスターズ〟は立っていた。

今までざわざわと騒がしかった会場は、照明が落ちたことであっさりと静かになる。

そんな最中、中心に立つ玲が始まりの合図を告げた。

『――わん、つー』

それは、俺の前で見せてくれた通し練習の時と同じ掛け声だった。

彼女の合図に合わせて、会場を揺らすほどの大音量で曲が流れ始める。

その音と拮抗《きっこう》するような大歓声が観客席から上がり、会場は瞬く間に熱に包まれた。

曲の始まりを歌うのは、カノン。

普段は耳にキンキン響くような彼女の高めの声は、今この場において観客の心をしっかりと惹《ひ》きこむ切り込み隊長の役割を果たしていた。

カノンの表情は踊りにつられるようにして豊かに切り替わり、一瞬でも瞬《まばた》きをしてしまえば損をしたような気分にさせるほどの魅力がある。

ずっと見ていたい――。

観客たちがそう感じ始めたところで、カノンの体が押し退《の》けられる。

そしてその後ろから、ミアが飛び出してきた。

もちろん今の一連の動きは演出であり、カノンは一瞬ミアのことを大袈裟《おおげさ》に睨《にら》んだ後で本来の持ち場へと戻る。

いわゆるライブ特有の遊び心だ。こういう部分で観客を笑わせて、ライブ会場に直接見に来れた者への特権を感じさせてくれる。

ミアの声は三人の中では少し低めだ。

それは色気があると言い換えることもでき、聞いている者たちの脳を溶かす。

うっとりするとはまさにこういう状態だ。

そしてそのまま、ミアがワンフレーズを歌いきる。

するとスポットライトがステージの中心へと戻り、そこにいる最後の一人を照らし出した。

「玲……」

俺は思わず彼女の名前をつぶやいていた。

今まで見てきたどの姿よりも美しく着飾った彼女は、両手を広げて歌を紡ぐ。

誰もが息を呑《の》んだ。

誰もが言葉を失った。

カノンよりも低く、ミアよりも高いその声はどこまでも透き通っており、神秘的とすら言える魅力が詰まっている。

ああ、これはきっと逃れられない。

一度〝レイ〟の声に聞き惚《ほ》れてしまえば、必ずまた聞きたくなる。これこそが、本物のアイドルたちの力――――。

曲のテンポが激しくなっていく。

それに合わせ、三人の息の合ったダンスも激しさを増していった。

そんな最中でも、三人の息は乱れない。揃《そろ》いに揃った足先と指先。もはやその動きは芸術へと昇華されていた。

「ねぇ、あなた？　あの子すごく輝いているわ」

「……ああ、そうだな」

隣から、そんな二人の声が聞こえてきた。

俺は人知れず拳を握る。

自分のことではないはずなのに、〝してやったり〟という気持ちが溢《あふ》れてしまった。

このまま行けば、何の問題もなく終わる。

俺の頭には、そんな楽観的な考えが生まれ始めていた。

問題が起きたのは、ここから一時間後のこと。

ライブは丁度半分を過ぎ、いよいよ後半戦に差し掛かった頃。

観客たちの熱狂はまさにピークに差し掛かり、一曲終わるごとに会場全体が大歓声に包まれていた。

しかし、その中で俺は異変に気づく。

常にセンターに立つ玲の肩が、呼吸をする度に上下に揺れていた。

ミアもカノンもそのことに気づいたのか、横目で彼女の方を確認している。

いわゆる肩で息をしているという状態。

そもそも、一時間もの間《あいだ》絶えず歌って踊るというのはとてつもない体力を消費するはずだ。

ただ彼女たちは、二時間歌って踊れるように特訓を重ねてきている。

その証拠に、ミアとカノンは呼吸を荒くしているものの、疲労の色が顔まで出ていない。

リハーサルの時も、ここまで玲の呼吸は乱れていなかった。

つまるところ、間違いなく異常事態ということである。

(っ……プレッシャーか)

次の曲に移行するわずかな時間のために一度退場する玲の背中を見送り、俺は歯を食いしばった。

ライブ中にはこうしたインターバルがいくつか存在する。この時間で多少なりとも体力を回復できるだろうか……。

◇◆◇

「レイ！　大丈夫なの!?」

舞台の裏に滑り込んだ途端、カノンの声が私の耳を打った。

俯《うつむ》いていた顔を上げれば、そこには心配した様子のカノンとミアの顔がある。

私はそれを見て、こくりと一つ頷《うなず》くことしかできなかった。

「到底大丈夫には見えないけどね。もしかして、体調が悪いのかい？」

「……そうじゃ、ない」

そう、私は別に体調が悪いわけじゃない。

朝起きた時はベストコンディションだったし、ライブ直前もそれは変わらなかった。

だけど、たった一つのきっかけでその状態はもう崩れている。

私の用意した特別招待席、そこに座っているお父さんとお母さんの顔が見えてしまった。

見ないようにしようと思った。けど、一瞬でも視界に入る度に、ライブ特有の高揚感でマヒしていた頭は途端に現実に引き戻される。

息が吸いづらい。

途中からは、まるで気管に何かが詰まっているような感覚に襲われていた。

呼吸が整わなければ、体力も回復しない。

膝が笑ってしまいそうなほど、強い疲労感が体を襲っていた。

「とにかく、ゆっくり水を飲みなさい。衣装交換までもう時間がないけど、ギリギリまで息を整えるのよ」

「わか、った」

背中をカノンに擦《さす》ってもらいながら、水を少しずつ飲む。

そして息を吐いて大きく吸う動作を繰り返した。

胸に何かがつっかえているような感覚は残っているけれど、幾分か回復したような気がする。

「ライブが始まった以上、動けるなら途中リタイアはできない。レイ、それは分かっているね？」

「もう、大丈夫。心配かけてごめん」

「……分かった。じゃあ行こう」

私たちは次の衣装へと袖を通す。

いつもは何気なく纏《まと》っていた衣装が、今日はやけに重い。

ふらついていることを気取《けど》られないようにしながら、私は再びステージへと向かう。

歓声が耳に飛び込んでくる。

その熱量と眩《まばゆ》いスポットライトに当てられ、くらりと眩暈《めまい》がした。

だけどここで倒れるわけにはいかない。

ステージを強く踏みしめ、よろけないように耐える。

動け――――。

お父さんとお母さんが見ている。今日は絶対に失敗できない。

ずっと二人が私の活動を心配していることには気づいていた。

娘に好きなことをさせたいという気持ちと、心配する気持ちがせめぎ合って苦しんでいる姿をずっと見てきた。

だから伝えるんだ、〝私は大丈夫〟だって。

『みんなー！　まだまだ行けるかー！』

カノンの煽《あお》りが観客席へと飛ぶ。

これは次の曲への入りだ。ここから一番激しい曲が始まる。

観客の人たちは、今までで一番の歓声でカノンの煽りに応えた。

正念場という言葉が脳裏を過《よ》ぎる。


動け、笑え――――。


アイドルとして最後までステージに立つ。

ここに立つ〝乙咲玲《おとさきれい》〟を、あの人たちに見てもらうために。

夢を、諦めないために。

◇◆◇

ライブが再開した。

カノンの煽りに反応した観客たちは、クールダウンを挟んだにも関わらず再びボルテージを最高潮まで持ち上げる。

俺も予習して知っていた。

衣装チェンジ明けのカノンの煽りは、ミルスタの曲の中でもっとも激しい曲が始まる合図。

背中にじわりと冷や汗が滲《にじ》む。

極度の精神的疲労を感じている玲に、この曲が耐えられるのだろうか。

『いっくよー！』

『オオォォオオオオッ！』

カノンの掛け声と共に、曲が始まった。

〝スイーツロック〟と呼ばれるこの曲は、もっとも激しい曲ということもあり中心人物が玲からカノンへと移る。

身体能力的にはほとんど差がない三人だが、動きによっては向き不向きがあった。

跳んで跳ねるような動きを一番得意とするのがカノンで、色気のあるセクシーな動きを得意とするのがミア。

レイはかなりオーソドックスなタイプで、何にでも対応している印象がある。

故にほとんどの曲でセンターを任されているのだろう。


曲のサビに入ると同時に、会場はさらに盛り上がり始めた。

玲はまだついて行っている。

この調子なら、きっとこの曲は乗り切れるだろう。

彼女もプロだ。ペース配分を見直せば、今からでも最後まで駆け抜ける算段を付けられるかもしれない。

そもそも俺のような素人が心配すること自体がおこがましいことであるはずだ。

ただ、どうしても嫌な予感が消えてくれない。

それでも、表情だけは暗くならないように取り繕う。

そして〝スイーツロック〟が終わり、ライブは次の曲へと移った。

『今度はボクの番だよ』

次の曲は、〝アイスクリームデイズ〟。

立ち位置が変わり、今度はミアが中心に立つ。

夏にぴったりな爽やかな曲調の中に、ミアの独特な温度の低い声が上手《うま》く合っている。

カノンの曲の後にこれを持ってくることで、盛り上がり過ぎた観客たちのボルテージを少し下げ、会場の雰囲気を整えた。

踊りの方も激しい動きは少なく、玲にとっても救いの時間と言えるだろう。

しかし、俺は知っている。

この曲の後は、玲がメインとなる曲が来る。

ここまで来た彼女の次の壁は、間違いなくその場面。

そして——ミアの曲が終わり、再び玲が中心に立つ時間がやってきた。

『……〝金色の朝〟』

彼女が次の曲名を口にしたことで、会場は再び歓声に包まれる。

玲を中心にした〝金色の朝〟という曲は、カノンの曲ともミアの曲とも違う、ダンスよりも歌をメインにした曲だ。

振付のようなものはほとんどなく、ステージの上でスタンドマイクに向けて歌う。

動きが少ない故に、これで玲も少しは体力を回復することができるはずだ。

ただ、その代わりにプレッシャーはひとしおだろう。

主旋律を歌うのは玲であり、他の二人がコーラスに回ってしまっている以上、一つのミスが大きく目立つ。

精神的に苦しんでいる彼女にとって、酷であることは間違いない。

澄んだ美しい声が会場に響き渡り、観客たちは声の一つも出せずにただ聞き入る。

彼女の宝石のような金髪をイメージしたこの曲は、まさしく彼女にしか歌えない曲と言ってもいい。

〝レイ〟を推すファンは、皆この曲が一番好きだと声を揃《そろ》えて言う。

デビュー当時からのファンであれ、新参のファンであれ、それは変わらないらしい。

一番を歌い切った彼女は、間奏を経て二番を歌い始める。

順調に歌詞をなぞっていく声が、いよいよサビの前へと入った。


異変が起きたのは、その時である。


『――――っ』

玲の声が、止まった。

自分でも信じられないという顔をして、彼女は呆然《ぼうぜん》と目の前のマイクを見つめている。

歌をサポートする役目だったミアとカノンが、横目で玲に視線を送った。

その様子はどことなく焦っているようにも見える。

（っ！　歌詞を飛ばしたのか!?）

歌詞がある部分で、彼女の口は動かない。

体に来ているかと思われた疲労が、まさかこんな形で表に出てくるとは――。

サビに入る直前になっても、玲の口は動かない。

さすがに観客たちも異変に気づき始めたのか、顔を見合わせてざわめきだす。

玲の焦りが、俺にすら伝わってくるようだった。

先ほどかいた冷や汗なんて比じゃないくらいの汗が全身から噴き出し、息が苦しくなる。

だけど、俺の比じゃないレベルで玲はもっと苦しんでいるはずだ。

わずかな時間がまるで無限に感じられ、景色が歪《ゆが》んでいく。


そんな中、玲の視線が揺らいだ。


その視線はゆっくりと俺たちのいる特別席の方へと向けられる。

乙咲さんを見て、莉々亜《りりあ》さんを見て。

そして――俺を見た。

「ッ！　どこ見てんだッ！　〝レイ〟！」

自分でも、どうしてこんなことができたのか分からない。

思わず身を乗り出し、彼女へ向けて叫んでいた。
特別席にいた彼女の両親を含めたほとんどの人が、俺のその行動に驚き、目を見開く。
こんな距離、しかも曲と観客のざわつく声がある中で、俺の声など届くわけがない。
だけど、声を上げずにはいられなかった。
アイドルである彼女が見るべき相手は、俺でも、ましてや両親でもない。

どうか思い出してくれ。
お前が楽しませなければならない相手のことを。
お前は今、何千人というファンの前に立っているということを。

どうか、どうか。
自分がどうしてアイドルになったのかを思い出してくれ。
お前は決して、両親を笑顔にするためだけにアイドルになったわけじゃないはずだ。

自分を取り戻せ。
普段通りのお前に、不可能なんて一つもないのだから。

『……あ』

目が合い、玲の口から音が漏れた。

揺らいでいた眼《め》は本来の真《ま》っ直《す》ぐなものに戻り、スタンドマイクを握る手に力がこもる。

伝わるはずのない声なのに、何故《なぜ》か玲は理解してくれたように感じた。

視線はすでに前に向いており、彼女は大きく息を吸い込む。

『――ありがとう』

その言葉は、きっと観客には意味の分からないものとして伝わっただろう。

ただ、俺には分かる。

届かないはずの俺の声が届いたように、彼女の言葉は理屈じゃなく俺へと届いた。

永遠にも思われた時間は終わりを告げ、来ないでほしいとまで思っていたサビがやってくる。

止まっていた玲の口は、滞りなくその先を紡ぎ始めた。

苦しみから解放された彼女の声は、一気に会場全体に響き渡る。

どこまでも飛んで行ってしまえそうな、今までで一番澄んだ声。

一瞬前に起きたトラブルなどすべて忘れさせるような堂々とした歌声が、俺たちの鼓膜を心地よく揺らす。

〝金色の朝〟は、さっきも言った通り彼女の髪色をイメージして作られた曲。
金髪の女性と一人の男性の儚《はかな》い恋愛模様が歌詞の中に込められており、一番は男の視点、そして今歌っている二番は、女の視点で描かれている。

〝目覚めてから、あなたと一番最初に挨拶を交わす人は私がいい〟
〝毎日顔を合わせてご飯を食べて、一緒に笑って、一緒に泣くのは私がいい〟
〝あなたが本当に苦しい時、側《そば》にいられる人になりたい〟

そんな歌詞が耳を打つ。
途端に俺の中で、玲《れい》と過ごした時間が溢《あふ》れ出てきた。
確かこの曲の作詞は玲本人だったはず。
彼女は——誰を思い描きながらこの歌詞を書いたんだろうか。
(……羨ましいねぇ)

俺は席に深く腰掛け、ため息を吐《つ》いた。

この気持ちは、誰にも伝えないでおこう。

見えない相手に嫉妬している、こんな格好の悪い感情は――。

その後のライブは今までが嘘《うそ》だったかのようにスムーズに進行し、やがて終わりを告げる最後の曲がやってくる。

歌い切り、踊り切った玲の顔は、これまで見たこともないようなとびっきりの笑顔だった。

デビュー当時から応援しているファンですら見たことがなかったその顔は、しばらくの間多くの人間をミルスタのさらなる沼へと引きずりこんだらしい。

その気持ちは、俺にもよく分かった。


間もなくして、一つのアンコールを挟んだ後にライブは終了した。

結局観客のほとんどの人間は玲の些細《ささい》なミスなど気にした様子もなく（演出か何かと思っている可能性もあるが）、皆満足そうな顔で会場から出ていく。

俺はそんな様子を、少々放心した状態で眺めていた。

ある種の現実逃避。どれだけ観客が満足していたとしても、彼女がミスをしてしまったことには変わらない。

それが玲の父親の目にどう映ったか、できれば考えたくないが故の現実逃避だった。

――ただ、いつまでもそうしているわけにもいかないわけで。

「……乙咲《おとさき》さん、玲のライブはどうでしたか？」

すでに帰宅の準備を始めていた乙咲さんに、そう問いかける。

彼は手を止め、俺を一瞥《いちべつ》した。

「自分の娘が数千人の人間を喜ばせたんだ。素直に誇らしいと思ったよ」

「だったら――――」

「だが、私でも分かるようなあからさまな失敗があった。それを見逃すことはできない。約束通り、玲には引退してもらう」

駄目、だったか。

親ではない俺には、乙咲さんの気持ちの半分も理解できない。

だからこそ、この人の意見を面と向かって否定するなんてことはできやしなかった。

――――それでも、言いたいことがないわけではない。

「……乙咲さん、さっきの生活費を負担してくれるっていう話ですけど」

「ん、ああ……君からも玲を説得してくれるなら、十分な生活費を支払おう」

「ありがたいお話です。でも、お断りします」

ぴくりと、彼の眉毛が動く。

こんな旨《うま》い話を断るだなんて、乙咲さんからすれば思ってもみなかったことだったのかもしれない。

「俺は別に、金がもらえるから玲と一緒にいるわけじゃないです」

まあ、最初はそうだったけど。ここは黙っておこう。

「玲は、俺がとっくの昔に諦めた途方もない夢を、自分の力で叶《かな》えられる人間なんです。そんな立派な人間を一番近くで支えられる……そんな恵まれた立場を自分から手放すことなんてできません」

「ならば……君はあの子の人生が何らかの失敗で崩れてしまった時、その責任が取れるのかね？」

「取れないです。っていうか、取らないです。俺が責任を取るなんて話は、覚悟を持って今を生きている彼女に対して失礼ですよ」

「む……」

俺はあくまで支えるだけの存在。

アイドルとして戦い続けようとしているのは、すべて玲の意志だ。

彼女の方も、俺に責任を押し付けたいだなんて思っていないだろう。

乙咲玲は、ちゃんと誇りを持って生きているのだから。

「……でも、もしあいつが転落するようなことがあれば……その時は俺にだって、一緒に落ちていくくらいの覚悟はありますよ」

　苦笑いを浮かべながら、俺はそう告げる。

　正直途中でそうなった時のことを想像してちょっと後悔したが、ここまで言っておいて今更引き下がれない。

　共倒れは困るが……本当に困るが、もういい。

　男に二言はない。

「君に共倒れされても私たちは困るだけなのだが……」

「あ、あはは、ですよねー」

「ただ、恥も外聞も捨ててあの子に向けて声を上げてくれたことに関しては、素直に感謝させてもらおう」

　ありがとう――――。

　そう言いながら、乙咲さんは俺に向かって頭を下げた。

　その隣で、莉々亞さんも同じように頭を下げてくる。

「本当にありがとうね、志藤《しどう》君。あなたのおかげであの子も持ち直したように見えたわぁ。……ずっと、あなたが支えてくれていたのね。そうでなければあんな風に声が届いたりはしないはずだもの」

「そう、ですかね……」

「私は玲の母親だから、それくらいは分かるの。……あの子にはあなたが必要なのかもしれないわね」

「それは買い被《かぶ》りすぎですよ。俺はただの高校生の子供ですから……」

そうだ、俺はただの高校生でしかない。

玲の側にいること自体がおこがましいような、大した価値もないクソガキだ。

そんな俺にできることなんて、本当に少ない。


そう、こんなことくらいしかできないのだ。


「……どういうつもりだね？」

「俺の……誠意です」

俺は乙咲さんに向けて、深く深く頭を下げていた。

ここまで人に頭を下げるのは、人生の中で初めての経験である。

「どうか、玲にアイドルを続けさせてやってくれませんか」

「……何が君をそこまでさせる？　まさか、君はあの子に惚《ほ》れているのか？」

「そういう話じゃありません……この前、彼女は俺に新しい夢を語ってくれました」

日本武道館でのライブ。

今のミルスタの勢いがあれば、きっとその夢は遠くないうちに叶うだろう。

「ミルフィーユスターズはもっと上に行ける……ここで辞めさせるのはもったいないと思いませんか？」

「……君の誠意は分かった。だが、私にはそんな理想は抱けない。話は戻るが、この先であの子たちが取り返しのつかない失敗をしたらどうする。何かしらの危険に巻き込まれたら？　そうなる前に止めてやるのが、親の役割ではないのか？」

乙咲さんの言っていることは、間違っていない。

玲の家は言うまでもなく裕福だ。

彼女がどれだけ大金を稼いでいようが、両親はさらに大きな額を稼いでいる。

俺から見れば玲は夢を叶えた華々しい成功者だが、そんな両親から見ればリスクの方が目立ってしまうのだろう。

しかしすべては、〝かもしれない〟という可能性の範疇《はんちゅう》の話だ。

「乙咲さんには、確かに玲を守るという役割があります。けど、それはあいつから夢を奪っていい理由にはなりません。あなた方の力があれば、彼女を守りながら夢への道を走らせることだってできるんじゃないですか？」

「走らせるのを止めるんじゃなくて、転びそうになるのを防ぐんです。あいつには、走り続けるだけの力があります。後は周りが支えてやればいい」

「む……」

玲の行く末は、どちらに転ぶか分からない。
それでも、可能性を片寄らせることくらいならできるはずだ。

「お願いします……！　どうか、あいつの夢を終わらせないでやってください……！」

俺は再び深く頭を下げた。
それらしい言葉を並べて説得を目指したが、結局はすべて他人の戯言《たわごと》。
家庭の事情に口を挟むなと言われればそれで終わりの、薄っぺらい言いくるめだ。
この姿勢ももはや悪足掻《わるあが》き。これで駄目なら、もはや諦めるほかない。

「――――頭を上げたまえ、志藤君」

「しかし……」

「私の負けだよ」

乙咲さんは、どこか諦めたような様子でため息を吐く。

「娘の夢を終わらせるなと言われて、突っぱねられるわけがない。少なくとも、近いうちに玲を芸能界から引退させるような真似《まね》はしないと約束しよう」

「本当ですか!?」

「ただし、未来のことは分からない。この先玲《れい》の身に避けられない危険が迫っていると判断すれば、その時は父親として無理やりにでも辞めさせる。……それまでの間であれば、好きにするといい」

「っ！　ありがとう、ございます！」

頭を上げろと言われたのに、俺はさらに頭を下げてしまった。

俺の声が、目の前の人間に届いたのだ。

やればできるじゃん、俺。

「私たちは帰るとするよ。本当は玲と食事にでも行きたかったのだが、これからまた本社に戻らなくてはならなくてね。あの子には……莉々亜《りりあ》、君の方から連絡しておいてくれないか？」

「ええ、分かったわ。パパがとーってても褒めてたって伝えておくわね」

「むぅ……」

二人のやり取りをよそに、ほっと胸を撫《な》で下ろす。

とりあえずは一件落着と言ったところか。

いつの間にかびっしょりと汗で濡《ぬ》れていた額を拭い、息を吐く。

「それにしても、君のプレゼンはずいぶんと胸に響くものがあった。さすがは志藤グループのご子息だな」

その時、全身の汗がスーッと引く感覚がした。

「何故《なぜ》……それを？」

「この前学校ですれ違った後に思い出してね。君は忘れているかもしれないが、私は数年前に君と会ったことがある。覚えていないかい？　大企業ばかりが集まった交流パーティーで、その時志藤さんが連れていた子供が君だろう？」

企業の交流パーティー……。

ずきりと頭が痛み、思わず顔を伏せる。

脳裏に過《よ》ぎったのは、夢で見たあの光景。

親父《おやじ》に連れられた小学生の頃の俺、目の前にはスーツの男性と、小さな女の子。

あれは――あの女の子は――。

「志藤君、大丈夫？　何だか顔色が悪い気がするわ」

「だ、大丈夫です……ちょっと緊張していたので、その反動かもしれません」

動悸《どうき》は激しいものの、頭の痛みはすぐに治まってきた。

今の痛みは一体何だったのだろう。

俺は自分の体の異変に、ただただ困惑することしかできなかった。

「……あ、お時間を取らせてしまってすみません。俺もそろそろ帰ります」

「ああ……その、こんなことを大の大人が頼むのは間違っているかもしれないが

――」

――玲を、よろしく頼む。

不器用にそう告げた彼に、いくつものプロジェクトを束ねる長としての貫禄《かんろく》はない。

今ここにいる男は、一人の父親。

思春期の娘との付き合い方に悩む、ただの父親だった。

◇◆◇

『先帰ってるぞ。……よかったな』

そんなメッセージが彼から届いたのは、ライブが終わってから二十分後のことだった。

私は何度もそれを読み返し、頬を緩ませる。

このメッセージが届く少し前に、お母さんから連絡があった。

私はまだ、アイドルを続けることができるらしい。

きっと凛太郎《りんたろう》が何とかしてくれたのだろう。

私は自分が中心に立たなければならない曲でミスをした。

そんな決定的な失敗を、お父さんが見逃してくれるはずがない。

「ちょっとレイ!?　らしくないミスした癖にニヤニヤしてんじゃないわよ！」

「ん……？　あ、カノンいたんだ」

目の前には、衣装を脱いでラフな格好になったカノンが立っていた。

表情を見るに、ずいぶんと怒っているらしい。

「いたんだじゃないわよ！　あんた！　どれだけステージの上で心配したか分かってる!?」

「それは本当にごめん。ちょっと取り乱した」

「……まあ、持ち直したからいいけど。次からは気を付けなさいよ！」

カノンはそう言い残し、化粧を落とすためにメイクさんたちと共に去っていく。

分かっている。もう二度と同じ失敗はしない。

ライブの途中、私はとにかく味わったことのない息苦しさを感じていた。

デビュー当時から人前で歌ったり踊ったりすることには抵抗がなかったのに、今日ばかりはまるで自分の体ですらないかのような違和感があった。

私は想像以上にプレッシャーに弱かったということらしい。

だけど、もう――――。

「……りんたろーくんから何を言われたんだい？」

「え？」

突然頭の中で思い描いていた彼の名前を口に出され、呆《ほう》けた声が漏れる。

そんな様子を見て、目の前に立つミアは愉快そうに笑っていた。

「レイがあからさまに特別席の方を見るものだから、思わず一緒に見てしまったんだよ。そしたら彼が何かを叫んでいるのが見えてね。その途端に君はいつも通りに戻ったし、もしかしたら彼が何か吹き込んだんじゃないかと思ってさ」

「……正直、何て言われたのかは分からなかった」

「そうなのかい？　まあ距離的に声が届かないのは明らかだったけど……」

「でも、多分凛太郎はこういう風に伝えたかったんだと思う」

どこを見ているんだ、前を見ろ。

凛太郎という名の支えに縋《すが》ろうとした私を、彼は突き放した。

それも当然の話。

私はアイドルで、会場にはそんな私たちを見に来てくれているファンがいる。

私は、そんな人々に全力で応えなければならない。

お父さんのことも、お母さんのことも、もちろん大事。

だけど私は、二人のことを笑顔にしたくてアイドルになったわけじゃない。

もっと多くの——それこそ、自分を求めてくれるすべての人を笑顔にしたかったんだ。

〝彼〟が私を笑顔にしてくれたように。

原点を思い出した私は、もうきっと間違えないと思う。

「……レイは本当に彼のことが好きなんだね」

「好き……うん、好きだよ。八年も前から」

スマホを握る手に力がこもる。

小学三年生の時、お父さんに連れられて行った大人たちのパーティーで、私は凜太郎と出会っていた。

当時甘い物が食べられなかった私に、その美味《おい》しさを教えてくれたのが彼である。

そして、誰かと一緒に食事をすることの喜びを教えてくれたのも、志藤《しどう》凜太郎という男の子だ。

「凛太郎は、私を笑顔にしてくれた。だから私も、彼みたいに色んな人を笑顔にしたいって思えた。凛太郎は、私をこのアイドルっていう道に導いてくれた人なの」

「はいはい、もう何度も聞いたよ」

「勘弁してよ。他人の惚気《のろけ》話《ばなし》に一々相槌《あいづち》が打てるほど、ボクは寛容じゃないよ？」

ミアからそう言われてしまえば、私は素直に引き下がる。

本当はもっと凛太郎とのことを話したい。

できれば彼本人と話したいところだけど、それは多分難しい。

凛太郎は、パーティーのことも私のことも覚えていないようだった。

直接聞いてみたくはあったけど、母親によって暗くなってしまった凛太郎の過去を、わざわざほじくり返すようなことはしたくない。

いつか自然と思い出してくれた時、私は改めてお礼を言うのだ。

『あの時、私に笑顔をくれて、ありがとう』――と。

「でもまさか、あのレイが一人の男の子と接点を持ちたいがためだけに演技までするとは思わなかったよ。空腹で行き倒れるなんてシチュエーションがよく通じたね？」

「あれは別に演技で倒れたわけじゃない。本当にお腹《なか》が空《す》いて動けなかった」

「それはそれで心配なんだけどね……？」

凛太郎と再会したあの日——正確には高校に入学した段階で再会は果たしていたんだけど、会話はなかったからカウントしないことにする。

本来あの日は、マネージャーに家まで送ってもらう予定だった。

家に帰ればお手伝いさんが料理を作ってくれる。

あのまま帰っていれば、私は何の問題もなく次の日も登校できた。

だけど、見つけてしまった。駅のロータリーを歩く、彼の姿を。

とっさにマネージャーに車を止めるように言って、いつもは降りないはずの場所で私は降りた。

彼に見栄《みえ》を張ったと言ったのは、あの場においては嘘《うそ》になる。

本当は、『奇遇だね』って気さくに話しかけたかった。倒れかけたのは、自分が思っている以上に空腹だったから。

食事に誘うまでもなく彼の手料理をご馳走《ちそう》になれたのは幸運だったけれど、いまだにあの時のことは思い出すと恥ずかしくなる。

でも、あの時勇気を出して本当によかった。

踏み込むだけのきっかけを、こうして得ることができたのだから。

「ミア、私決めた」

「……一応、何を決めたか聞いておこうか」

「凛太郎に〝恋〟をしてもらえるように、これからもっと頑張る」

「へぇ……寝息が聞こえなかったと思ったら、やっぱりあの時起きてたんだね」

「……ごめん」

「別にいいよ。聞かれて困る話もしていなかったし」

引っ越しパーティーをしたあの日、私はミアと凛太郎の会話をベッドの上で聞いていた。

その時、彼ははっきり言ったのだ。

ひと月程度の付き合いしかない相手に、恋などできないと。

「――だから、もっと長く一緒にいて、もっと意識してもらえるように頑張る。何をすればいいかは……正直分からないけど」

恋愛経験の一つもない私には、とてつもなく高いハードル。

だけど、それをどうしても越えたい。

志藤凛太郎という男の子を思い描きながら、書き上げた、〝金色の朝〟の歌詞を現実にするために――――。

「そっか……じゃあ、ボクも頑張らないとね」

「え？」

自分のことに夢中になっていたせいか、ミアの言葉がすっと頭に入ってこなかった。

「盗み聞きしていた意地悪なレイは知っているだろう？　ボクがりんたろーくんにアプローチしたってことも」

「で、でも……あれは冗談だって」

「冗談だったことが冗談だったかもしれないじゃないか。それに、誰かが欲しがっているものって何だか欲しくなっちゃうんだよねぇ……」

ミアは私の目を覗《のぞ》き込みながら、ぺろりと唇を舐《な》めた。

今まで一緒に活動してきた中で、感じたことのない寒気が背中を駆け抜ける。

ミアと競争するようなことがあれば、私は――――。

「――――なーんて、安心してよ。本当に冗談だから」

「……心臓に悪い」

「でもレイ、安心してちゃ駄目だよ？　この先ボクだって本気で彼に惚《ほ》れることがあるかもしれないし、それはカノンだって例外じゃないさ。それにボクら以外にも身近な女の子って案外いたりするんだよ？」

頭の片隅に、学級委員長の二階堂梓《にかいどうあずさ》さんの顔が思い浮かぶ。

そう言えば……水族館で鉢合わせした時に、凛太郎に積極的に話しかけていた気がする。

ミアの言っていることは、思いのほか笑えない話みたいだ。

「ひとまず、今はレイのことを応援してあげるよ。いつか本当にボクがりんたろーくんのことを欲しくなるまで、ね」

そう言って妖艶な笑みを浮かべる彼女のその言葉だけは、どうしても冗談には聞こえなかった。

凛太郎に恋した私の物語は、もしかしたら想像以上に前途多難なのかもしれない――。

エピローグ ★ 後日談くらいは平穏に

カーテンから差し込む光が、だいぶ強くなってきた。

ミルフィーユスターズのライブから十日ほどが経過し、学校の終業式まであと四日といった頃。

七月中旬ということもあり、夏の暑さは徐々に徐々に上がっていた。

この時期はたとえ朝であっても外に出るのが億劫《おっくう》になる。

特に俺は寒さより暑さの方が苦手だ。寒さは重ね着すればまだ何とか耐えられるが、暑さは裸という限界がある。何をするにも気怠《けだる》くなり、学生らしくないと言われようが俺は夏というものが嫌いだ。

周りの連中が海やらプールやら部活で青春しようとも、俺の夏休みはもう何もせず家でごろごろすると決まっている。

「ねぇ、凛太《りんた》郎《ろう》。夏休みに海へ行こう」

そんなスケジュールを壊そうとする、悪魔の囁《ささや》きが投げかけられた。

俺の作った朝食をぺろりと平らげた玲《れい》は、どこか期待した目を向けてきている。

しばらく沈黙を貫いた俺だったが、観念して息を吐いた。

「はぁ……行ってくりゃいいんじゃねぇか？」

「凛太郎も一緒がいい」

「おいおい、さすがに海で変装なんて無理だろ？　ミルスタの三人で遊びに行くとかなら分かるけど、俺はそこに交ざれねぇって」

「大丈夫。今度ミルフィーユスターズの水着のグラビア撮影があって、その時に事務所がプライベートビーチをレンタルするから」

「へぇ、プライベートビーチってレンタルできるんだ」

「うん。正確にはプライベートビーチ付きのホテルを借りるんだって。私たちみたいなアイドルとか、タレントさんとか、それこそ本業のグラビアアイドルの人たちの撮影でよく利用しているみたい」

なるほど、それならそもそも他人の目がないから、変装する必要もないしびくびくする必要もなくなるだろう。

「だけど仕事なんだろ？　やっぱり俺はついて行けねぇよ」

「それも大丈夫。この前のライブのご褒美で、撮影が終わった後に私たちだけでもう一日宿泊していいって言われた。タクシー代も用意してくれるから、帰りも楽」

「はー、至れり尽くせりだな」

「凛太郎には後から合流してもらうことになるけど、これなら丸一日一緒に遊べる。それに……」

「それに？」

「雑誌とかに載る前に、凛太郎には私の水着を見てもらいたいから……」

その言葉で、俺は思わず反応に困ってしまった。

何というか、破壊力がすごい。

あの表情の変化が乏しい玲が照れたように言うもんだから、そのギャップによって頭をガツンと殴られたような衝撃が走った。

この誘いを真顔で断れる奴《やつ》がいるのなら、俺の前に連れてきてほしい。尊敬するから。

「――分かったよ。別に断る理由も特にねぇし、夏休みにどこへも行かずダラダラするってのも健全じゃないしな。俺でよければ付き合わせていただきますよ、ええ」

「っ、ありがとう。凛太郎にはお父さんを説得してもらった恩があるから、どこかで返したいって思ってたの」

玲の顔がほころぶ。

そうだ、この顔だ。

最近の彼女はどうにも笑う回数が増えたように思える。

その表情は酷《ひど》く魅力的で、その度に心がぐらぐらと揺れるから勘弁してほしい。

こちとらお前のお父さんに〝惚れてない〟って言い切っちゃったんだから。

「……まあ、もらえるもんはもらっておくよ。あと一応聞いておきたいんだが、ミルスタでってことはあいつらも来るのか？」

「うん」

「ミルスタの三人とプライベートビーチで過ごすなんて、熱狂的なファンに知られたら殺されそうだよな、俺」

同じマンションの同じフロアに住んでいるだけでも相当恵まれているのにも関わらず、間近で水着まで見せてもらえると来た。

どうやら前世の俺は計り知れない徳を積んでいたらしい。

「――――二人きりの方が、よかった？」

「え？」

「っ、ご、ごめん。何でもない。先に行く」

慌てた様子で、玲は俺の部屋を飛び出していく。

テーブルの上にはぽつんと弁当が残されていた。どうやら鞄《かばん》にしまうことすら忘れてしまうくらいには動揺していたらしい。

「ははっ、玲はあわてんぼうだなぁ……はは」

俺は自分の頬を手のひらで叩《たた》く。

肌と肌がぶつかる軽快な音が響き、じんじんと痛みが走った。

全部このビンタのせいだ。頬が熱いのは、赤いのは、全部ビンタのせいだ。

俺は断じてときめいたりなどしていない。


——無理があるか。


「アイドルって、やべぇな」

語彙力の欠片《かけら》もない文章が口から漏れる。

心の奥底に芽生えた小さな感情の芽から、俺は目をそらした。

今の俺は、この芽に名前をつけられない。

つけてしまえば、もう無視できなくなる。この感情を育てたくなってしまう。

育ちきってしまえば、それはきっと俺を苦しめる。

俺の人生は、もっと平穏でいい。

「さてと、こいつをどうやって学校の中で渡すか考えねぇとな」

わざとらしく独り言を口にして、気持ちをリセットする。

自分の分と彼女の分の弁当を鞄につめ、俺は焼いた食パンを口に咥《くわ》えた。

――最近、思うことがある。

このままいつまでも玲との関係を保っていれば、働かないという俺の人生の目標を達成できるのではないかと。

だけどこれはただの都合のいい妄想だ。

彼女のような芸能人と俺のような一般人は、どう足掻《あが》いても釣り合いが取れない。

いつか別れる時が来る。

子供の頃の夢を思い出したとは言え、専業主夫になるという目標は変わっていない。

いつか俺は理想の女性を見つけ、玲はアイドルを辞める時がくる。

さしずめこれは、期限付きの関係。

だからせめて期限が来てしまうその時までは、玲のことを支えていきたいと思うのだ。

彼女の平穏を、その輝きを守るために。

「……ん？」

部屋を出ようとした俺は、靴を履きながらポケットのスマホのバイブレーションに気づいた。

どうやら誰かからメッセージが届いたらしい。

その場でパスワードを入れ、差出人とのやり取りの画面を開いてみた。

相手の名前は――二階堂梓《にかいどうあずさ》。

そして内容は、以下の通りだった。

『今度の土曜日、一緒にご飯に行きませんか?……水族館に乙咲《おとさき》さんと一緒にいた理由が聞きたいです』

――あれ、冷房効きすぎてないか?

そう錯覚するほどの寒気が背中に走る。

体は一気に冷えたはずなのに、何故《なぜ》か汗はとめどなく流れ始めていた。

どうやら俺はもうしばらく働かなければならないらしい。

こんな男に懐いた、とある大人気アイドルのために。

「はぁ……くそったれ」

思わず悪態が漏れる。

俺の人生は、もっと平穏がいい。

あたしの名前は、日鳥夏音《ひどりかのん》。

完璧美少女であるこのあたしは、高校生でありながら国民的大人気アイドルとして活動している。

もう一般人から逸脱した存在――と言いたいところだけど、あたしは今日も普通に学校へと通っていた。

「あ、夏音ちゃんおはよう！」

「おはよっ！」

廊下で鉢合わせした友達と合流し、教室へと入る。

その途端、中にいたクラスメイトたちが一斉にあたしへ視線を向けた。

「日鳥さん！　昨日のミュージックステージ見たよ！」

「私も見た！　新曲の衣装めちゃくちゃ可愛《かわい》かったー！」

目を輝かせながら近づいてくるクラスメイトを前にして、あたしは笑みを浮かべる。

「ほんとっ!?　ありがとねっ！」

テレビに出た次の日は大体こうなる。

こうやって注目を浴びることは別に嫌いじゃないけれど、こうやって注目を浴びるせいで、あたしは学校でもミルフィーユスターズの〝カノン〟でいなければならない。

今更それが辛《つら》いとも思わない。

だけどまあ、たまに疲れを感じるのは確かだ。

あたしの通う学校は、それなりに偏差値が高い。

確かレイの通っている学校と大して変わらなかったはず。

アイドルをやりながら学業もおろそかにしないなんて難しいように感じるけど、あたしなら問題なくこなせる。

さすがに学年順位一桁には入れないけれど、実は定期テストの度に貼り出される順位表の末端に名前が載るくらいには、勉強もできるのだ。

ちなみにだけど、レイは入学当時に比べて徐々に学力が下がってきているらしい。

その分アイドル業の方は大きな成果を挙げているわけだし文句はないけれど、少し注意しとかなくちゃね。

学校の授業は、いつも真面目に聞いている。

レッスンで時間が取られる分、あたしの主な勉強時間はこの授業中だ。

ここでできるだけ完璧にしておいて、暗記モノの多い教科は移動時間とか、ロケの合間に頭に叩き込む。

それで何とかなっちゃうんだから、さすがあたしよね。

「夏音ちゃんのお弁当って、いつもおしゃれで可愛いよねー」

「え？」

昼休み。

普段からあたしの周りでご飯を食べている友達が、弁当箱を覗《のぞ》き込みながらそう言った。

「手作りなんでしょ？」

「うん、まあね。あたし太りやすいからさ」

「えー？　そんなことなさそうなのに」

残念ながら、嘘《うそ》は言ってない。

確かにすぐに太ってしまうとかそういうわけではないけれど、レイとミアに比べて肉がつきやすいのは間違いなかった。

それも胸についてくれればいいのに、何故かいつもおしりについている気がする。

だからあたしの作るお弁当は、炭水化物控えめで鶏肉《とりにく》と野菜がメインだ。

ちょっと味気ないし、もっとガッツリ食べたい日だってあるけど、後で苦労することが分かっているからこれでいいかなって。

普段我慢している分、あの子たちとのご飯や〝あいつ〟の作ったご飯が美味《おい》しく感じられるから、そういう時は得だなって思う。

「すごいなぁ……忙しいはずなのに。私なんて暇なはずなのに全部人任せだもん……あーあ。私も女子力ほしー！」

「……女子力、ね」

「？　どうしたの？」

「ううん、別に」

女子力という言葉には、実は最近敏感になっている。

すべては〝あいつ〟のせい。

あいつが作る料理と比べると、やっぱり見劣りする。

まあ元々私は焼くか茹《ゆ》でるかしかできない人間だし、得意料理を聞かれたらカレーか焼きそばって答える人間だけれど、それでもどこか悔しさがあった。

昨今男だの女だの関係ない時代になってきているけれど、日本人女性として同い年の男子に料理で負けているのは、あたしのプライドが許容してくれないらしい。

――だからって練習している時間はないんだけど。

それに加えてあいつほど料理にかける情熱もないし、ここは素直にポジションを譲るべきか。

もしかすると、これがあたしの感じた初めての挫折かもしれない。

「はぁ……ん？」

その時、ポケットに入れていたスマホが震えたことに気づいて、あたしは画面をつけた。

〝あいつ〟のことを考えている時に〝あいつ〟から連絡が来るなんて、何だか妙な感じ。

ま、〝あいつ〟から連絡してくるなんてきっとよっぽどのことがあったんだろうし、
さっさとこの可愛いカノンちゃんが返信してあげますか。

◇◆◇

「美亜《みあ》先輩！　これ食べてください！」

「……」

中庭を歩いていたボクに対し、後輩の女の子が袋に包まれたクッキーを差し出してきた。

今週はこれで二回目だ。

ミルフィーユスターズのミアとして活動しているボク、宇川《うがわ》美亜には、こういったイベントがしょっちゅう起きていた。

王子様系として売っている身としては、女の子からモテるのは理想形。

だけど……。

「ごめんね、プレゼントは直接受け取れないんだ。手間かもしれないけど、できれば事務所の方を通してもらっていいかな？」

「あ……そうなんですね」

ボクの目の前で、露骨に落ち込んでしまう後輩の女の子。

こういう姿を見ると、やっぱり心苦しくなる。

ただここで彼女のプレゼントを受け取ってしまうと、他の人のプレゼントも受け取らないと不公平になってしまうのだ。

そしてそのプレゼントの中にボクへ害を及ぼす何かが混ざっていたとしても、ボクはそれに気づけない。

だから事務所を通してもらう必要があるんだ。

「……せっかく作ってくれたのに、ごめんね？」

「だ、大丈夫です……！　勝手に作ってきただけですから……」

「……」

仕方がない。

これが見ず知らずの相手なら絶対にしないけれど、彼女はボクと同じ学校の可愛い後輩だ。

少しくらいのファンサービスは、大目に見てもらおう。

「受け取れなくてごめん。でも、すごく嬉《うれ》しかったよ」

「ひゃっ……！」

ボクは彼女の耳元に口を近づけ、囁《ささや》いた。

そしてその可愛らしい頭をそっと撫《な》でて、この場から離れる。

自惚《うぬぼ》れでも何でもなく、〃ミア〃のファンはボクがこうすることで喜んでくれる。

罪滅ぼしとしては少し足りないかもしれないけれど、今はこれで我慢してもらうしかない。


彼女と別れたボクは、そのままの足で購買へと向かった。

焼きそばパン二個とプリンを一つ買って、教室へ戻る。

本当はもっと食べたいけれど、ボクは大食いキャラではないからこういうところも気を付けないといけない。

人によっては幻滅してしまうかもしれないからね。

ボクの席は、窓辺の後ろから二番目。

いつもボクはここで昼食を食べる。

一緒に食べる人はいない。

前にクラスメイトに一緒に昼食を食べようと声をかけた時は、恐れ多いと言われて断られてしまった。

他の人たちも同意見のようで、皆食事中のボクを遠巻きに見ている。

これはこれで居心地が悪いけれど、アイドルになった弊害と考えれば自然と受け入れることができた。

皆がボクを、〝ミア〟として見ている。

（仕方のないことだけどね……）

やっぱり一人で食べるご飯はほんのわずかに味気ない。

もう慣れてしまったけれど、少し寂しく思ってしまうのはどうしようもないことだろう。

ふと机の上に置いておいたスマホが震え、ボクは画面に目を落とす。

「ん……？」

どうやら〝彼〟からの連絡のようだ。

彼らしい内容のメッセージを見て、思わず笑みがこぼれる。

この書かれ方だと、きっとカノンにも送られているに違いない。

どうやら今日の夕食は、賑《にぎ》やかになりそうだ。

◇◆◇

「これでよし、と」

俺は大量の唐揚げを皿に盛り付け、そう呟《つぶや》く。

この他にも、キッチンには数多《あまた》の料理が並んでいた。

生姜《しょうが》焼《や》きやらクルトンが散らばったレタスのサラダやら。

麻婆豆腐《マーボーどうふ》やら魚の煮つけやら。

もはやジャンルという言葉を完全に無視したラインナップだった。

何故《なぜ》こんなことになってしまったかと言えば、すべては俺が自分を制御しきれなかったからである。

駅前のスーパーが超特売を始めやがったもんで、俺はここで買わなければ損だと思って手当たり次第に食材を買い漁《あさ》ってしまった。

そしたらもう冷蔵庫がパンパンになってしまい、最悪の場合食材を腐らせる危機に陥ってしまったのである。

専業主夫を目指す者として由々《ゆゆ》しき事態であることは間違いない。

だから今日のところは、たまには贅沢《ぜいたく》するのもいいだろうということで、大量の食材を一気に消費することにしたのである。

パッと見では、皿の上に盛られた料理だけで十人分近い。

俺という高校生男子の胃袋を用いても、精々二、三人分が限界だろう。

圧倒的な胃袋を持つ玲《れい》がいても、さすがに五人分を超えてくると苦しいはず。

故に俺は、どうしても残ってしまう分を消化してもらうために、彼女らの力を借りることにした。

おそらく、国民的アイドルであるミルスタのメンバーをこんな風に利用するのは、全国探し回っても俺だけだろう。

しかし俺には必要なのだ。

あの底知れない胃袋たちが――――。

「ただいま」

「邪魔するわよー」

「お邪魔します」

噂《うわさ》をすれば、奴《やつ》らが今日のレッスンを終えて帰ってきたらしい。

「おう、おかえり。もう飯もできるから、手を洗ったらソファーの方に座っててくれ」

「連絡をもらったから来たけど、本当にボクらもごちそうになっていいのかな？」

「ああ。メッセージに書いた通り、どうしても俺と玲だけじゃ食いきれないからな。むしろ頼むから食べてくれって感じなんだ」

「それなら……素直にお言葉に甘えようかな。ボクとしては君の料理が食べられるだけで満足だし、むしろ大歓迎だからね」

「そんなに褒めても飯しか出ねぇぞ」

「ふふっ、十分だよ」

手を洗った彼女らは、そのままソファーに腰掛ける。

そして俺は、文字通り山のように作った料理たちを彼女らの前にあるテーブルの上に置いた。

「見事にジャンルがバラバラね」

「安い物を片っ端から買ったらこうなっちまったんだ。苦手なもんがあったら手を付けなくていいからな」

「それに関しては大丈夫よ。苦手な物なんてないし」

カノンの言葉に、他の二人も頷《うなず》く。

なんともお利口さんな連中ですこと。

「全部美味しそう」

「全部美味《うま》い自信はあるぞ」

実際味見は済ませてあるし。

「白いご飯は？」

「一応炊いてある。必要に応じてよそって来てやるよ」

俺には食べる余裕はないだろうけど、こいつらならば大丈夫だろう。

特に玲は無類の白米好きだし。

「じゃあ、いただきます」

玲が手を合わせたのを皮切りに、ミアとカノンも手を合わせて料理たちに手を付け始める。

早速白米を欲しがった玲のためにキッチンへと向かうと、残った二人もついでとばかりに茶碗《ちゃわん》を差し出してきたため、結局三人分の飯をよそって戻る羽目になった。

ま、それだけご飯が欲しくなる味付けにできたということだろう。

やっぱり自分が作った物に人ががっついてくれる様子を見ると、少し安心する。

「おいひい」

「ならよかったよ」

飯を頬張って口をパンパンにさせている玲を見ると、本当に美味いと思ってくれているんだと分かって尚《なお》のこと嬉しくなる。

最近はもう玲の好みも完璧に把握しつつあり、今回も基本的には彼女好みの味付けにした。

この辺りの贔屓《ひいき》に関しては、俺の雇い主である玲への当然の配慮である。

「ねぇ、りんたろー、あんた料理作り始めてどれくらいって言ってたっけ？」

「中学の頃からだから、もう四、五年になるかな」

「その間は毎日？」

「ああ。体調崩さない限りは」

「……そう。そりゃ上手《うま》くなるわけよね」

カノンはどこか吹っ切れたような表情を浮かべると、再び飯に手を付け始める。

「何だよ、突然そんなこと聞いてきて」

「別に。あたしの中のモヤモヤが吹き飛んだだけだから、気にしないで」

「……？」

カノンの言っていることはよく分からなかったが、少なくともポジティブな話であることは間違いなさそうだった。

詳しい事情が気にならないと言ったら嘘《うそ》になるが、もう解決した話なら無理に聞く必要もあるまい。

「改めて思うけど、りんたろーくんってすごいよね」

「あ？　あんたまで何だよ、急に」

「自惚れかもしれないけどさ、ボクらと接する人たちって、すごく下手《したて》に出てくるか、萎縮して縮こまってしまうかのどちらかが多いんだけど……君はいつもありのままで接してくれるからさ」

「別に何も感じてねぇわけじゃないぞ？」

「つーか……多分こいつに最初に出会ってなければ、ミアとカノンとは知り合うこともなかっただろうしな。色んな巡り会わせに感謝しながら接してるつもりだよ」

俺はテーブルの上に置いてあるティッシュを一枚引き抜くと、それを使って玲の口元についたタレを拭う。

されるがままの玲を見ていると、やっぱり大人気アイドルだとは到底思えないよなぁ。

だけどこいつのおかげで、俺はミアやカノンと話している間も萎縮せずに済んでいる。

「あー……でも、恥ずいから言いたくなかったけど、一応毎度緊張はしてるんだぞ？　今も男は俺一人だし……そりゃまあ、完全にいつも通りってわけじゃねぇよ」

「……ふむふむ、なるほど？」

素直に自分の本心を伝えた途端、ミアは愉快そうに笑みを浮かべながら俺の顔を覗《のぞ》き込んできた。

うーん、言わなきゃよかったかもしれない。

「そっかそっか、りんたろーくんはボクらと話している時は緊張しているのかー」

「えー？　何よあんた、可愛《かわい》いところもあるじゃん」

厄介なのが一人増えた。

ミアとカノンは同じような表情を浮かべながら、俺に詰め寄ってくる。

よくない燃料を投下してしまった。

俺は二人から極力距離を取るようにしながら、助けを求めて玲の方へ視線を送る。

すると彼女は音を立てて茶碗を置き、ミアとカノンの動きを止めた。

「二人は勘違いしている」

「な、何よ、急に……」

「凛太郎《りんたろう》はいつだって可愛い」

——何言ってんだ、こいつ。

「特に寝顔。思わず写真に撮って凛太郎とのメッセージアプリの壁紙にした」

「何やってるんだお前は!?」

玲が見せてきた画面の壁紙には、言葉の通り寝間着姿でベッドに転がる俺の寝顔が設定されていた。

基本俺の方が早く起きているはずなのに、いつ撮ったのだろう？

「この姿を撮るために、私は凛太郎が起きるよりも早く目覚ましを設定して、部屋に忍び込んだ。早起きは辛《つら》かったけど、成果は十分」

「お前じゃなかったら警察に突き出してるぞ、それ」

「合鍵があるから、仕方ない」

それはそうなんだが、そういう問題ではないというのを声を大にして叫びたい。

多分聞き入れてもらえないだろうから言わないけれど。

「ちょっと何よそれ！　あたしにも送りなさいよ！」

「ボクも欲しいな。独り占めなんてズルいじゃないか」

それでいて何でこいつらは俺の寝顔を欲しがっているんだ。

「あげない。これは私の宝物」

「なっ……そういうこと言うなら、こっちだって力ずくになるわよ！　ミア！　手伝いなさい！」

カノンは立ち上がると、玲の後ろに回り込んで羽交い絞めにする。

そして同じく立ち上がったミアが、正面から彼女のスマホへと手を伸ばした。

「悪いね、レイ。でもボクらは一心同体だろう？　宝物は共有しないとね」

「いや、いくら二人でも渡せない」

「仕方ない……なら、やっぱり力ずくだ」

「んっ……！」

ミアが玲の脇腹に手を添わせる。

すると玲の口から声が漏れ、くすぐったさから逃れるために体をくねらせた。

「早く送らないと、どんどん激しくしていくよ？」

「や、やだっ……送ら……ないっ……んっ」

玲の声が徐々に悩ましい物に変わっていき、俺は思わず顔をそらした。

健全な図であるはずなのに、何故《なぜ》か見てはいけない気がする。

まあターゲットが俺から玲に移っただけ良しとしよう。

そう心に言い聞かせ、俺は自分で作った唐揚げを頬張った。

後日、敗北した玲によって俺の写真がミルスタ内に拡散されたが、それが分かるのはまだしばらく先の話。

あとがき

初めましての方は初めまして、岸本和葉と申します。

この度は本作「一生働きたくない俺が、クラスメイトの大人気アイドルに懐かれたら」をお読みいただき誠にありがとうございます。

簡単にこの作品を書こうと思ったきっかけから書いていきたいと思うのですが、作者の頭の中なんて興味ないぜという方はどうぞ容赦なく読み飛ばしてください。

まず思いついたきっかけとして、大人気アイドルとの内緒の同居生活ってめっちゃよくないかぁ!? という突然の感情に襲われたことが挙げられます。

バレたら一大スキャンダルという、男なら大勢の人が思い浮かべそうな夢のようなシチュエーション。

現実でそこにたどり着くには、おそらくとんでもない苦労が必要になることでしょう。

しかし創作の世界であれば簡単に叶《かな》えることができる!

つまるところこの作品は、私が読みたいから書きました。

相当熱を込めたという自信があり、細かい部分すらも担当さんと何度もやり取りをしながらすり合わせ、結果的に洗練された良い物ができたのではないかと思っております。

それはそれとして、イラスト可愛《かわい》いが過ぎませんか?

初めにキャラクターのデザインが届いた時、この作品のイラストレーターさんは神様なんだと思いました。

私の思い描いていた玲《れい》やカノン、ミアがそこに立っていて、心の底から驚いたことを覚えています。

ミルスタの三人は特に自分が気に入っているキャラ達《たち》でして、彼女らのビジュアルを確立していただけたことにより、増々私の中で彼女らの存在が強くなりました。

今後ともミルスタの三人の魅力を損なうことなく伝えていけたらいいなぁと画策しております。

そのためにもぜひ、この本が多くの読者の皆様に届いてほしいと願っております。応援をいただければいただけるほど、作者はどんどん強くなります。（ＳＮＳでの拡散、ファンレターなど、何でも募集しております）

最後になりますが、まずはオーバーラップＷＥＢ小説大賞受賞の際から共に歩んでくださっている担当様。

思わず息が漏れるほどの美麗で可愛いイラストを付けてくださったみわべさくら先生。

そしてこの本を手に取って読んでくださった読者の皆様に最大限の感謝を。

では、また二巻でお会いできることを願って――。

作品のご感想、
ファンレターをお待ちしています

あて先

〒141-0031
東京都品川区西五反田 8-1-5 五反田光和ビル4階
オーバーラップ文庫編集部
「岸本和葉」先生係／「みわべさくら」先生係

一生働きたくない俺が、クラスメイトの大人気アイドルに懐かれたら 1
腹ぺこ美少女との半同棲生活が始まりました

発　行　2022年2月25日　初版第一刷発行
2023年10月31日　第二刷発行

著　者　岸本和葉

発行者　永田勝治

発行所　株式会社オーバーラップ
〒141-0031　東京都品川区西五反田 8-1-5

校正・DTP　株式会社鷗来堂

印刷・製本　大日本印刷株式会社

Printed in Japan　ISBN 978-4-8240-0102-3 C0193

第10回 オーバーラップ文庫大賞
原稿募集中!
イラスト:KeG
紡げ、魔法のような物語!
【賞金】
大賞…300万円
(3巻刊行確約+コミカライズ確約)
金賞……100万円
(3巻刊行確約)
銀賞………30万円
(2巻刊行確約)
佳作………10万円
【締め切り】
第1ターン 2022年6月末日
第2ターン 2022年12月末日
各ターンの締め切り後4ヶ月以内に佳作を発表。通期で佳作に選出された作品の中から、「大賞」、「金賞」、「銀賞」を選出します。
投稿はオンラインで! 結果も評価シートもサイトをチェック!
https://over-lap.co.jp/bunko/award/
〈オーバーラップ文庫大賞オンライン〉
※最新情報および応募詳細については上記サイトをご覧ください。
※紙での応募受付は行っておりません。